百年大师经典

徐悲鸿

徐悲鸿 著

天津出版传媒集团

天津人民美术出版社

图书在版编目（CIP）数据

百年大师经典. 徐悲鸿卷 / 徐悲鸿著. -- 天津：天津人民美术出版社，2021.12
ISBN 978-7-5305-9815-3

Ⅰ. ①百… Ⅱ. ①徐… Ⅲ. ①徐悲鸿（1895-1953）－文集 Ⅳ. ①J12-53

中国版本图书馆CIP数据核字(2021)第233912号

百年大师经典　徐悲鸿卷
BAINIAN DASHI JINGDIAN　XU BEIHONG JUAN

出　版　人：	杨惠东
责 任 编 辑：	袁金荣
助 理 编 辑：	刘贵霞
技 术 编 辑：	何国起　姚德旺
责 任 审 校：	李　慧　李　佳
出 版 发 行：	天津人民美术出版社
社　　　　址：	天津市和平区马场道150号
邮　　　　编：	300050
电　　　　话：	(022)58352900
网　　　　址：	http://www.tjrm.cn
经　　　　销：	全国新华书店
制　　　　作：	天津印艺通制版印刷股份有限公司
印　　　　刷：	天津印艺通制版印刷股份有限公司
开　　　　本：	710毫米×1000毫米 1/16
版　　　　次：	2021年12月第1版
印　　　　次：	2021年12月第1次印刷
印　　　　张：	14.25
定　　　　价：	68.00元

版权所有　侵权必究

目录

艺术人生

悲鸿自述 / 3

旅欧记行 / 18

游英杂感 / 25

真西游记 / 27

南游杂感 / 32

米开朗琪罗作品之回忆 / 35

与《时报》记者谈艺术 / 38

《悲鸿描集》自序 / 42

《悲鸿画集》自序 / 43

艺术教育

论画法 / 47

马的画法 / 48

习艺 / 50

古今中外艺术论——在大同大学讲演辞 / 52

中国艺术的没落与复兴 / 56

论中国画 / 61

中国艺术的贡献及其趋向 / 64

中国美术之精神——山水
　　——断送中国绘画原子惰性之一种 / 68

漫谈山水画 / 71

中西画的分野——在新加坡华人美术会讲话 / 77

中国今日急需提倡之美术/ 79
故宫所藏绘画之宝/ 82
谈高剑父先生的画/ 84
《张大千画集》序/ 86
学术研究之谈话/ 87
中国之原性浮雕绘画/ 90
西洋美术对中国美术之影响/ 92
复兴中国艺术运动/ 94
介绍几位作家的作品/ 96
我对于敦煌艺术之看法/ 99
研究艺术务须诚笃/ 101
艺院建设计划/ 103
近代美术院缘起/ 108
任伯年评传/ 109
达仰先生传/ 113
泰戈尔翁之绘画/ 116

艺术传真

致舒新城（三十四封）/ 121
致汪亚尘（二封）/ 146
致黄扬（养）辉（九封）/ 149
致徐伯阳、徐丽丽（六封）/ 155
致新加坡友人（三封）/ 159
致汝进（张安治）（二封）/ 169
致蒋碧微（二封）/ 171
致李苦禅/ 173
致蒋兆和（二封）/ 174
致许广平（二封）/ 176

致尾崎清次（四封）/ 178

艺术探索

法国大壁画家薄特理传 / 183
帕提农 / 187
艺术之品性 / 192
法国艺术近况 / 194
对中国近代艺术的意见 / 196
新艺术运动之回顾与前瞻 / 197
印度美术中之大奇 / 202
美术之起源及其真谛——在上海新闻学会讲演辞 / 204
与王少陵谈艺术 / 206
美术漫话 / 209
美术遗产漫谈——一部分中国花鸟画 / 211
忆达仰先生之语 / 213
傅抱石先生画展（节选）/ 215
赵少昂画展 / 216
吴作人画展 / 217
叶浅予之国画 / 218

| 艺术人生 |

悲鸿自述

悲鸿生性拙劣，而爱画入骨髓。奔走四方，略窥门径，聊以自娱，乃资谋食，终愿学焉，非曰能之。而处境困厄，窘态之变化日殊。梁先生得所，坚命述所阅历。辞之不获，伏思怀素有自叙之帖，卢梭传忏悔之文，皆抒胸臆，慨生平，借其人格，遂有千古。悲鸿之愚，诚无足纪，惟昔日落拓之史，颇足用以壮今日穷途中同志者之志。吾乐吾道，忧患奚恤，不惮词费，追记如左。文辞之拙，弗遑计已。

距太湖之西三十里，荆溪之北，有乡可五六十家。凭河两岸，一桥跨之，桥曰计亭。吾先人世居业农之所也。吾王父砚耕公，以洪杨之役，所居荡为灰烬。避难归来，几不能自给，力作十年，方得葺一椽为庐于桥之侧，以蔽风雨，而生先君。室虽陋，吾先君方自幸南山为屏，塘河为带，日月照临，霜雪益景，渔樵为侣，鸡犬唱答，造化赋与之丰美无尽也。

先君讳达章（清同治己巳生），生有异秉，穆然而敬，温然而和，观察精微，会心造物。虽居穷乡僻壤，又生寒苦之家，独喜描写所见，如鸡、犬、牛、羊、村、树、猫、花。尤为好写人物，自父母、姊妹（先君无兄弟），至于邻佣、乞丐，皆曲意刻画，纵其拟仿。时吾宜兴有名画师毕臣周者，先君幼时所雅慕，不谓日后其艺突过之也。先君无所师承，一宗造物。故其所作，鲜 Convention（俗套）而特多真气。守宋儒严范，取去不苟，性情恬淡，不慕功名，肆忘于山水之间，晏如也。耽咏吟，榜书雄古有力，亦精篆刻，超然自立于诸家以外。

先君为人敦笃，慈祥恺悌，群遣子弟从学，习画问字者至夥。有扬州蔡先生者，业医、能画，携子赁居吾家。其子曰邦庆，生于中日战败之年，属马，长吾一岁，终日嬉戏为吾童时伴，好涂抹。吾时受先君严督读书，深羡其自由作画也。

吾六岁习读，日数行如常儿。七岁执笔学书，便思学画，请诸先君，不可。及读卞庄子之勇，问："卞庄子何勇？"先君曰："卞庄子刺虎，夫子以是称之。"欲穷虎状，不得，乃潜以方纸求蔡先生作一虎，归而描之。久，为先君搜得吾所描虎，问曰："是何物？"吾曰："虎也。"先君曰："狗耳，焉云虎者。"卒曰："汝宜勤读，俟读完《左传》，乃学画矣。"余默然。

九岁既毕四子书，及《诗》《书》《易》《礼》，乃及《左氏传》。先君乃命午饭后，日摹吴友如界画人物一幅，渐习设色。十岁，先君所作，恒遣吾敷无关重要处之色。及年关，又为乡人写春联。如"时和世泰，人寿年丰"者。

余生一年而丧祖母，六年而丧大父，先君悲戚，直终其身。余年十三四，吾乡连大水，人齿日繁，家益窘。先君遂奔走江湖，余亦始为落拓生涯。

时强盗牌卷烟中有动物片，辄喜罗聘藏之。又得东洋博物标本，乃渐识猛兽真形，心摹手追，怡然自乐。年十七，始游上海，欲习西画，未得其途，数月而归。为教授图画于和桥之彭城中学。

方吾年十三四时，乡之富人皆遣子弟入学校，余慕之。有周先生者，劝吾父亦遣吾入学校尤笃，先君以力之不继为言。周先生曰："画师乃吃空心饭也，乌足持。"顾此时实无奈，仅得埋首读死书，谋食江湖。

年十九，先君去世，家无担石。弟妹众多，负债累累，念食指之浩繁，纵毁身其何济。爰就近彭城中学、女子学校，及宜兴女子学校三校教授图画。心烦虑乱，景迫神伤，遑遑焉逐韶华之逝，更无暇念及前途，览爱父之遗容，只有啜泣。

时落落未与人交游。而独蒙女子学校国文教授张先生祖芬者之青视，顾亦无杯酒之欢。年余，终觉碌碌为教，无复生趣，乃思以工游沪，而学而食。辞张先生，张先生手韩文全函，殷勤道珍重，曰："吾等为赡家计，以舌耕求升斗，至老死，亦既定矣。君盛年英锐，岂宜居此？曩察君负荷綦重，不能勖君行，而乱君意。今君毅然去，他日所跻，正未可量也。"又曰："人不可无傲骨，但不可有傲气。愿受鄙言，敬与君别。"呜呼张君者，悲鸿入世第一次所遇之知己也。

友人徐君子明者，时教授于吴淞中国公学，习闽人李登辉，挟余画叩李求一小职，李允为力。徐因招赴沪，为介绍。既相见，李大诧吾年轻，私谓子明："若人者，孩子耳，何能做事？"子明曰："人负才艺，讵问其年。且人原不甘其境，思谋工以继其读，君何谦焉？"李乃无言。徐君是年暑期后，赴北京大学教授职，吾数函叩李，终无答。顾李君纳吾画，初未尝置意，信乎慷慨之士也。

吾于是流落于沪，秋风起，继以淫雨连日，苦寒而粮垂绝。黄君警顽，令余坐于商务印书馆，日读说部杂记排闷，而忧日深。一时资罄，乃脱布褂赴典质，得四百文，略足支三日之饥。

一日，得徐君书，为介绍恽君铁樵，恽君时主商务印书馆《小说月报》，因赴宝山路访之。恽留吾画，为吾游扬于其中有力者，求一月二三十金小事。嘱守一二日，以俟佳音。时届国庆，吾失业已三月。天雨，吾以排日，不持洋伞，冒雨往探消息。恽君曰："事谐，不日可迁居于此，食于此，所费殊省。君夜间习德文，亦大佳事，吾为君庆矣。"余喜极，归至梁溪旅馆，作数书告友人获业。讵书甫发，而恽君急足至，手一纸包，亟启视，则道所谋绝望，附一常州人庄俞者致恽君一批札，谓某之画不合而用，请退还。尔时神经颤震，愤怒悲哀，念欲自杀。继思水穷山尽，而能自拔，方不为懦，遂腼颜向一不应启齿、言通财之友人告贷，以济燃眉之急。故乡法先生德生者，为集一会，征数十金助余。乃归和桥，携此款，将作北京之行，以依故旧。于是偕唐君者，仍赴沪居逆旅候船。又作一画报史君，盖法君之友助吾者也。为装框，将托唐君携归致之。唐君者，设茧行，时初冬，来沪接洽丝商，谋翌年收茧事，而商于吴兴黄先生震之。黄先生来访，适值唐出，余在检行装。盖定翌日午后行矣。黄先生有烟癖，乃卧吸烟，而守唐君返。目睹对墙吾所赠史君画，极称赏。与余道此画之佳，余唯唯。又询知何人作否，余言实系拙作，黄肃然起敬，谓："察君少年，乃负绝技，肯割爱否？"余言此画已赠人。黄因请另作一幅赠史，余乃言："明日行。"黄先生问："何往？"曰："去北京。"问："何谋？"余言："固无目的，特不愿居此，欲一见宫阙耳。"黄先生言："此时北方已雪，君之所御，且无以却寒，留此徐图良策何如？"余不可。因默然。

无何，唐君归，余因出购零星。入夜，唐君归，述黄先生意，拟为介绍诸朋侪，以绘画事相委，不难生活。又言黄君巨商，广交游，当能为君助。余感其意，因止北行。时有暇余总会者，赌窟也，位于今新世界地。有一小室，黄先生烟室也。赌自四五时起，每彻夜。黄先生午后来，赌倦而吸烟，十一时许乃归。吾则据其烟室睡。自晨至午后三时，据一隅作画。赌者至，余乃出，就一夜馆读法文，或赴审美书馆观画，食则与群博者俱。盖黄君与设总会者极稔，余故得其惠，馔之丰，无与比。

伏腊，总会中粪除殆遍，积极准备新年大赌。余乃迁出，之西门，就黄君警顽同居。而是年黄震之先生大失败，余又茕茕无所告，乃谋诸高君奇峰。初，吾慕高剑父兄弟，乃以画马质剑父。剑父大称赏，投书于吾，谓虽古之韩干，无以过也，而以小作在其处出版，实少年人最快意之举，因得与其昆季相稔。至是境迫，因告之奇峰，奇峰命作美人四幅，余亟归构思。时桃符万户，锣鼓喧天，方度年关，人有喜色。余赴震旦入学之试而归，知已录取。计四作之竟，可一星期。高君倘有所报，则得安读矣。顾囊中仅存小洋两毫，乃于清晨买籼饭一团食之，直工作至日入。及第五日而粮绝，终不能向警顽告贷，知其穷也，遂不食。画适竟，亟往棋盘街审美书馆觅奇峰。会天雪，腹中饥，倍觉风冷。至肆中，人言今日天雪，奇峰未来。余询明日当来否？肆人言："明日星期，彼例不来。"余嗒然不知所可，遂以画托留致奇峰而归。信乎其凄苦也。

入学须纳费，费将何出？腹馁亦不能再支，因访阮君翟光。既见，余直告："欲借二十金。又知君非富有，而事实急。"阮君曰："可。"顿觉温饱，遂与畅谈，索观近作，留与同食。归睡亦安。明日入学，缴学费。时震旦学院院长法人恩理教士，欲新生一一见。召黄扶，吾因入。询吾学历，怅触往事，不觉悲从中来，泪如雨下，不能置一辞。恩理教士见吾丧服，询服何人之丧，余曰："父丧。"泪益不止。恩理再问，不能答。恩理因温言劝弗恸，吾宿费不足，但可缓纳。勤学耳，自可忘所悲。

吾因真得读矣。顾吾志只在法文，他非所措意也。既居校，乃据窗而居。于星期四下午，仍捉笔作画。乃得一书，审为奇峰笔迹，乃大喜。启视则称誉于吾画外，并告以报吾五十金。遂急舍笔出，又赴阮君处偿所负。阮又集数友令吾课画，月有所入，益以笔墨，略无后顾之忧矣。吾同室之学友，为朱君国宾，最勤学。今日负盛誉，当年固早卜之矣。但是时朱君体弱，名医恒先为病夫，亦奇事也。

是年三月，哈同花园征人写仓颉像，余亦以一幅往。不数日，周君剑云以姬觉弥君之命,邀偕往哈同花园晤姬。既相见,甚道其推重之意,欲吾居于园中,为之作画。余言求学之急,如蒙不弃,拟暑期内迁于此,当为先生作两月之画。姬君欣然诺,并言此后可随时来此。匆匆数月,烈日蒸腾,余再蒙恩理教士慰勉,乃以行李就哈同居之。可一星期,写成一大仓颉像。姬君时来谈,既而曰:"君来此,工作无间晨夕。盛暑而君劬劳如此,心滋不安,且不知将何以酬君者。"

余曰:"笔敷文采,吾之业也,初未尝觉其劳。吾居沪,隐匿姓名,以艺自给,为苦学生,初亦未尝向人求助。比蒙青睐,益知奋勉。顾吾欲以艺见重于君,非冀区区之报。君观吾学于教会学校者,讵将为他日计利而易吾业耶?果尔,则吾之营营为无谓。吾固冀遇有机缘,将学于法国,而探索艺之津源。若先生所以称誉者,只吾过程中借达吾愿学焉者之具而已。若不自量,以先生之誉而遂自信,悲鸿之愚,诚自知其非也。果蒙先生见知,于欧战止时,令吾赴法,加以资助,而冀他日万一之成,悲鸿没齿不忘先生之惠。若居此两月间之工作,悲鸿以贫困之人,得枕席名园,闻鸟鸣,看花放,更有仆役,为给寝食者,其为酬报,固以多矣,敢存奢望乎?"

姬君曰:"君之志,殊可敬。弟不敏,敢力谋以从君愿。顾君日用所需色纸之费,亦必当有所出。此后君果有所需,径向账房中索之,勿事客气。"姬君者,芒砀间人,有豪气,自是相得甚欢。时姬君方设仓圣明智大学,又设"广仓学会",邀名流宿学,如王国维、邹安等,出资于日本刊印会中著述。今日坊间,尚有此类稽古之作。又集合上海收藏家,如李平书、哈少甫等,时以书画金石在园中展览。外间不察,以为哈同雅好斯文。致有维扬人某者,以今日有正书局所印之陈希夷联"开张天岸马,奇逸人中龙",向之求售。此时尚无曾髯大跋,觉更仙姿出世,逸气逼人,索价两千金。此联信乎书中大奇,人间剧迹。若问哈同,虽索彼两金求易,亦弗欲也。吾见此,惊喜欲舞,尽三小时之力,双勾一过而还之。

此时姬为介绍诗人廉南湖先生,及南海康先生。南海先生雍容阔达,率直敏锐,老杜所谓真气惊户牖者,乍见之觉其不凡。谈锋既启,如倒倾三峡之水,而其奖掖后进,实具热肠。余乃执弟子礼居门下,得纵观其所藏。如书画碑版之属,殊有佳者,相与论画,尤具卓见,如其鄙薄四王,推崇宋法,务精深华妙,不尚士大夫浅率平易之作,信乎世界归来论调。南海命写其亡姬何旃理像，及其全家，并介绍其过从最密诸友，如瞿子玖、沈寐叟等诸先生。吾因学书，若《经石峪》《爨龙颜》《张猛龙》《石门铭》等名碑，皆数过。曹君铁生者，江阴人，健谈，任侠，为人自喜。在溧阳，与吾友善，长吾廿岁。蒙赠欧洲画片多种。曹号"无棒"。余询其旨，曰："穷人无棒被狗欺也。"其肮脏多类此。一日，哈校中少一舍监，吾以曹君荐，即延入。讵哈校组织特殊，禁生徒与家族来往，校医亦不善，学生苦之，而曹君心滋愤。一日，曹君因例假出，夜大醉归，适遇余与姬君等谈。曹指姬君大骂，历数学校误害人子弟。姬君泰然，言曹先生醉，令数人扶之往校。余大窘。是夜，姬君左右即以曹行李出，余只得资曹君行汉皋。顾姬君后此相视，初未易态度，其量亦不可及也。

岁丁巳，欧战未已，姬君资吾千六百金游日本。既抵东京，乃镇日觅藏画处观览。顿觉日本作家，渐能脱去拘守积习，而会心于造物，多为博丽繁郁之境，故花鸟尤擅胜场，盖欲追踪徐、黄、赵、易，而夺吾席矣，是沈南苹之功也。惟华而薄，实而少韵，太求夺目，无蕴藉朴茂之风。是时寺崎广业尚在，颇爱其作，而未见其人也。识中村不折，彼因托以所译南海《广艺舟双楫》，更名曰《汉魏书道论》者致南海。

六月而归，复辟之乱已平。吾因走北京，识诗人罗瘿公、林畏庐、樊樊山、易实甫等诸名士。即以蔡子民先生之邀，为北京大学画法研究会导师。识陈师曾，时师曾正进步时也。瘿公好与诸伶人狎，因尽识都中名伶，又以杨穆生之发现，瘿公出程玉霜于水火。罗夫人梁佩珊最贤，与碧微相善，初见瘿公之汲引艳秋，颇心韪之。而瘿公为人彻底，至罄其所有以复艳秋之自由，并为绸缪未来地位，几倾其蓄。夫人乃大怒反目，诉于南海。翌年冬，瘿公至沪谒南海，遭大骂。至为梅兰芳求书，不敢启齿。顾南海亦未尝不直瘿公所为也。

吾居日本，尽以资购书及印刷品。抵都，又贫甚，与华林赁方巾巷一椽而居。既滞留，又有小职于北京大学，礼不能向人告贷。是时显者甚多相识，顾皆不知吾有升斗之忧也。

识佴五、刘三、沈尹默、马叔平诸君。李石曾先生初创中法事业，先设孔德学校，余与碧微皆被邀尽义务。时长是校者，为蔡子民故夫人黄夫人。

既居京师，观故宫及私家所藏，交当时名彦，益增求学之渴念。时蜀人傅增湘先生沅叔长教育，余以瘿公介绍谒之部中。其人恂恂儒者，无官场交际之伪。余道所愿，傅先生言："闻先生善画，盍令观一二大作。"余于翌日挟所作以付教部阍人。越数日复见之，颇蒙青视，言："此时惜欧战未平。先生可少待，有机缘必不遗先生。"余谢之出，心略平，惟默祝天佑法国，此战勿败而已。黄尘障天，日炎热，所居湫隘，北京有微虫白蛉子者，有毒，灰色，吮人血，作奇痒，余苦不堪。石曾先生因令居西山碧云寺。其地层台高耸，古桧参天，清泉寒洌，巨松盘郁。俯视尘天秽恶之北京，不啻地狱之于上界。既抵，而与顾梦余邻。顾此时病肺，步履且艰，镇日卧曝日中，殆不移动。吾去年归，乃知其为共产党巨头，心大奇之。

旋闻教育部派遣赴欧留学生仅朱家骅、刘半农两人。余乃函责傅沅叔食言，语甚尖利，意既无望，骂之泄愤而已。而中心滋戚，盖又绝望。数月复见瘿公，公言沅叔殊怒余之无状，余曰："彼既不重视，固不必当日甘言饵我。因此语出诸寻常应酬，他固不计较，傅读书人，何用敷衍？"讵十七年十一月，欧战停。消息传来，欢腾大地。而段内阁不倒，傅长教育屹然，无法转圜。幸蔡先生为致函傅先生，先生答曰："可。"余往谢，既相见，觉局促无以自容，而傅先生恂恂然如常态，不介意，惟表示不失信而已。余飘零十载，转走千里，求学之难，难至如此。吾于黄震之、傅沅叔两先生，皆终身感戴其德不忘者也。

欧战将终，旅华欧人皆欲西归一视，于是船位预订先后之次第，在六月之间已无位置。幸华法教育会之勤工俭学会，赁日本之伦敦货船下层全部，载八十九人往。余与碧微在沪加入，顾前途之希望焕烂，此惊涛骇浪，恶食陋居，初未措诸怀。行次，以抵非洲西中海岸之波赛为最乐。以自新加坡行至此，凡三星期未见地面，而觉欧洲又在咫尺间也。时当吾华三月，登岸寻览。地产大橘，略如广州蜜橘与橙合种，而硕大尤过之，大几如碗，甘美无伦。乐极，尽以余资购食之。继行三日，过西班牙南部，英炮台奇勃腊答峡，乍见欧土，热狂万端。遂入大西洋。于将及英伦之前一日，各整备行装，割须理发，拭鞋帽，平衣服，喜形于面。有青者，如初苏之树，其歌者，声益扬。倭之侍奉，此日良殷，以江瑶柱炒鸡鸭蛋饷众，于是饭乃不足。侍者道歉，人亦不计。又各搜所有之资，悉付之为酬劳。食毕起立舢板，西望郁郁葱葱者，盖英之南境矣。一行五十日,不觉春深,微雨和风,令忘离索。

抵伦敦,欢天喜地之情,难以毕述。余所探索,将以此为开始。陈君通伯,即伴游大英博物院,遂沉醉赞叹颠倒迷离于巴尔堆农残刊之前。呜呼?曷不令吾渐得见此,而使吾此时惊恐无地耶?遂观国家画院,欣赏委拉斯凯兹、康斯太布尔、透纳等杰构及其皇家画会展览会,得见沙金、西姆史等佳作。

留一星期,于一九一九年五月十日而抵巴黎。汽车经凯旋门左近,及协和广场,大宫小宫等,似曾相识。对之如醉如痴,不知所可。舍馆既定,即往卢浮宫博物院顶礼,大失所望。其中重要诸室,悉闭置。盖其著名杰作,悉在战时运往波尔多城安放,备有万一之失,而尚未运回也。惟辟一室,陈列达·芬奇作《莫娜丽莎》、拉斐尔之《美园妇》《圣母》等十余幅,以止游客之唉而已。惟大卫之室未动,因得纵览。觉其纯正严重,笃守典型,殊堪崇尚。时 Carolus Durand(迪朗) 初逝,卢森堡博物院特为开追悼展览会,悉陈其作,凡数百幅,殊易人也。乃观沙龙,得见薄纳、罗郎史、达仰、弗拉孟、倍难尔、莱尔米特、高尔蒙等诸前辈作物,其人今悉次第物故矣。

吾居国内,以画谋生,非遂能画也。且时作中国画,体物不精,而手放逸,动不中绳,如无缰之马,难以控制。于是悉心研究,观古人所作,绝不作画者数月,然后渐渐习描。入朱利安画院,初甚困。两月余,手方就范,遂往试巴黎国立高等美术学校。录取后,乃以弗拉孟先生为师。是时识梁启超、蒋百里、杨仲子、谢寿康、刘厚。各博物院渐复旧游观,吾课余辄往,研求各派之异同,与各家之精诣。爱提香之富丽,及里贝拉之坚卓。于近人则好库尔贝、薄纳、罗郎史。虽夏凡纳之大,斯时尚不识也。时学费不足,节用甚,而罗致印刷物,翻览比较为乐。因于欧陆作家,类能举指。

一九二〇年之初冬,赴法名雕家唐泼忒(Dampt) 先生夫妇招待茶会,座中俱一时先辈硕彦。而唐夫人则为吾介绍达仰先生,曰:"此吾法国最大画师也。"又安茫象先生。吾时不好安画,因就达仰先生谈。达仰先生身如中人,目光精锐,辞令高雅,态度安详。引掖后进,诲人不倦,负艺界重望,而绝无骄矜之容。吾请游其门,先生曰:"甚善。"因与吾谢吉路六十五号其画室地址,命吾星期日晨往。吾于是每星期持所作就教于先生,直及一九二七年东归。吾至诚一志,乃蒙帝佑,足跻大邦,获亲名师,念此身于吾爱父之外,宁有启导吾若先生者耶?

先生初见吾,诲之曰:"吾年十七游柯罗(Corot 大风景画家)之门,柯罗曰 Conscience(诚),曰 Confidence(自信),毋舍己徇人。吾终身服膺勿失。君既学于吾邦,宜以嘉言为赠。"又询东人了解西方之艺如何,余惭无以应,只答以在东方不获见西方之艺,而在此者,类习法律、政治,不甚留心美术。先生乃言:"艺事至不易,勿慕时尚,毋甘小就。"令吾于每一精究之课竟,默背一次,记其特征,然后再与对象相较,而正其差,则所得愈坚实矣。弗拉孟先生乃历史画名家,富于国家思想。其作流丽自然,不尚刻画,尤工写像。吾入校之始,即蒙青视,旋累命吾写油画,未之应。因此时殊穷,有所待也。时同学中有一罗马尼亚人菩拉达者,用色极佳,尤为弗拉孟先生重视。吾第一次作油绘人体,甚蒙称誉,继乃绝无进步。后在校竞试数次,虽列前茅,亦未得意。而因受寒成胃病。

一九二一年夏间,胃病甚剧,痛不支,而自是学费不至。乃赴德国,居柏林,问学于康普(Kampf)先生,过从颇密。先生善薄纳先生,吾校之长也,年八十八,亦康普前辈。时德滥发纸币,币价日落,社会惶惶,仇视外人,盖外人之来,胥为讨便宜。固不知黄帝子孙,情形不同,而吾则因避难而至,尤不相同,顾不能求其谅解也。识宗白华、陈寅恪、俞大维诸君。时权德使事者,为张君季才。张夫人籍江阴,善碧微。张君伉俪性慈祥,甚重吾好学,又矜余病,乃得姜令吾日食之,又为介绍名医,吾苦渐减。其情至可感也。

既居德,乃得观门采尔作,又见塞冈第尼作,及特鲁斯柯依之塑像,颇觉居法虽云见多识广,而尚囿也。又觉德人治艺,夸尚怪诞,少华贵雅逸之风,乃叩诸康普先生曰:"先生为艺界耆宿,长柏林艺院,其无责乎?"先生曰:"彼自疯狂,吾其奈之何?"实则其时若李卜曼,若科林德等,亦以前辈资格,作荒率凌乱之画,以投机取利。康普之精卓雄劲,且不为人所喜。康普先生曰:"人能善描,则绘时色自能如其处。"其为当世最善描者之一,秀劲坚强,卓然大家;其于绘,凝重宏丽,又阔大简练。其在德累斯顿之《同仇》《铸工》,及柏林大学壁画,皆精卓绝伦。他作则略少秀气,盖其为最能表现日耳曼民族作风者也。

吾居德，作画日几十小时，寒暑无间，于描尤笃，所守不一，而不得其和，心窃忧之。时最爱伦勃朗画，乃往弗烈德里博物院临摹其作。于其《第二夫人像》，尤致力焉，略有所得，顾不能应用之于己作，愈用功，而毫无进步，心滋惑。时德物价日随外币之价增高，美术印刷，尤为德人绝技，种类綦丰，亦尽量购之。及美术典籍，居室上下皆塞满，坐卧于其上，实吾生平最得意之秋也。吾性又嗜闻乐，观歌剧，恒与谢次彭偕，只择节目人选，因所耗固不巨也。时吾虽负债，虽贫困，而享用可拟王公，惟居室两椽，又为画塞满，终属穷画师故态耳。

一日在一大画肆，见康普、史吐克、区个尔、开赖等名作甚多，价合外金殊廉，野心勃勃，谋欲致之。而吾学费，积欠十余月，前途渺茫，负债已及千金。再欲举债，计将安出？时新任德使为魏宸组，曾蒙延食之雅。不揣冒昧，拟往商之。惧其无济，又恐失机，中心忐忑，辗转竟夜，不能成寐。终宵不合眼，生平第一次也。

翌日，鼓起勇气至中国使馆。余居散维尼广场之左，与之密迩。步行往，叩见公使。魏使既出，余因道来意，盛称如何其画之佳妙，如何画者大名之著，其价如何之廉，请假资购下，以陈诸使署客堂。因敝居已无隙可置，特不愿失去机会，待吾学费一至，即偿。吾意欲坚其信，故以画质使馆，当无我虞也。魏使唯唯，曰："将请蒋先生向银行查款，不知尚有余否。下午待回音如何？"魏使所操为湖北语，最好官话也。

无奈，更商之宗白华、孟心如两君，及其他友好，为集腋成裘之策。卒致康普两作，他作则绝非力之所及矣。因致书国内如康南海等，谋四万金，而成一美术馆。盖美术品，如雕刻、绘画、铜镪等物，此时廉于原值二十倍。当时果能成功，则抵今日百万之资。惜乎听我藐藐，而宗白华又非军阀，手无巨资相假也。

柏林之动物园，最利于美术家。猛兽之槛恒作半圆形，可三面而观。余性爱画狮，因值天气晴明，或上午无游人时，辄往写之。积稿颇多，乃尊巴里、史皇为艺人之杰。

一九二二年，吾师弗拉孟先生逝世，旋薄纳先生亦逝，学府以倍难尔先生继长美校，延西蒙代弗拉孟。是年年底闻学费有着，乃亟整装。一九二三年春初，复归巴黎，再谒达仰先生，述工作虽未懈，而进步毫无，及所疑惧。先生曰："人须有受苦习惯，非寻常处境为然，为学亦然。"因述穆落(Aimé Morot),法十九世纪名画家,天才之敏古今所稀,凭其秉赋,不难成大地最大艺师之一。但彼所诣,未足与达·芬奇、米开朗琪罗、拉斐尔、提香等相提并论者,以其于艺未历苦境也。未历苦境之人恒乏宏愿。最大之作家,多愿力最强之人,故能立至德,造大奇,为人类申诉。乃命吾精描,油绘人体分部研究,务能体会其微,勿事爽利夺目之施(国人所谓笔触)。余谨受教,归遵其法,行之良有验,于是致力益勇。是年,余以《老妇》一幅陈于法国国家美术展览会(所谓沙龙)。学费又不继,境日益窘,乃赁居Friedland之六层一小室,利其值低也。顾其处为富人之区,各物较五区为贵。吾有时在美校工作,有时在蒙巴纳斯各画院自由作画及速写。有时往卢浮宫临画。归时恒购日用所需,如米油菜肉之类。劳顿甚,胃病又时作。

翌年春三月,忽一日傍晚大雨雹,欧洲所稀有也。吾与碧微才夜饭,谈欲谋向友人李璜借资,而窗顶霹雳之声大作,急起避。旋水滴下,继下如注,心中震恐,历一时方止。而玻璃碎片乒乓下坠,不知所措。翌晨以告房主,房主言须赔偿。吾言此天灾,何与我事?房主言不信可观合同。余急归,取阅合同,则房屋之损毁,不问任何理由,其责皆在赁居者,昭然注明。嗟夫,时运不济,命途多乖,如吾此时所遭,信叹造化小儿之施术巧也。吾于是百面张罗。李君之资,如所期至,适足配补大玻璃十五片,仍未有济乎穷。巴黎赵总领事颂南,江苏宝山人,曾未谋面。一日蒙致书,并附五百元支票十纸,雪中送炭、大旱霖雨,不是过也。因以感激之私,于是七月为赵夫人写像。而吾抵欧洲五年以来勤奋之功,克告小成。吾学博杂,至是渐无成见,既好安格尔之贵,又喜左恩之健,而己所作,欲因地制宜,遂无一致之体。前此之失,胥因太贪,如烹小鲜,既已红烧,便不当图其清蒸之味,若欲尽有,必致无味。吾于赵夫人像,乃始能于作画前决定一画之旨趣,力约色像,赴于所期。既成,遂得大和,有从容暇逸之乐。吾行年二十八矣,以驽骀之资,历困厄之境,学十余年不间,至是方得几微。回视昔作,皆能立于客观之点而知其谬。此自智者,或悟道之早者视之,得之未尝或觉。若吾千虑之得,困乃知之者,自觉为一生之大关键也。

吾生与穷相终始,命也;未与幸福为缘,亦命也。事不胜记,记亦乏味。一九二五年秋间,忽偕张君梅孙游巴黎画肆,见达仰先生之

Ophelia，爱其华妙，因思致之。会闽中黄孟圭先生倦游欲返，素与友善，因劝吾同赴新加坡。时又得蔡子民先生介绍函两封，因决行。黄君故善坡巨商陈君嘉庚，及黄君天恩，遂为介绍作画，盖又江湖生活矣。陈君豪士，沉毅有为，投资教育与公益，以数百万计，因劝之建一美术馆。惜语言不通，而吾又艺浅，未能为陈君所重。比吾去新加坡，陈君以二千五百金谢吾劳。

归国三月，南海先生老矣，为之写一像。又写黄先生震之像，以黄先生而识吴君仲熊。时国中西画颇较发展，而受法画商宣传影响，浑沌殆不可救。春垂尽，仍去法。是年夏，偕谢次彭赴比京，居学校路。日间之博物院，临约尔丹斯《丰盛》一图，傍晚返寓。寓沿街，时修水管，掘街地深四五尺，臭甚。行过此，须掩鼻。入夜又出，又归，则不甚觉其臭。明之试之亦然，因悟腹饥则感觉强，既饱则冥然钝。然则古人云："穷而工诗者"，以此矣。吾人倘思有所作，又欲安居温饱，是矛盾律也。在比深好史拖白齿之作，惜不甚多。十月返法。是岁丙寅，吾作最多，且时有精诣。

吾学于欧凡八年，借官费为生，至是无形取消，计前后用国家五千余金，盖必所以谋报之者也。

丁卯之春，乃作意大利之游。先及瑞士，吾旧游地也。往巴塞尔观荷尔拜因及勃克林之作，荷作极精深。至苏黎世观霍德勒画，亦顽强，亦娴雅，易人处殊多，被称为莱茵河左岸之印象派作者。其艺盖视马奈、雷诺阿辈高多矣。彼其老练经营之笔，非如雷诺阿之浮伪莫衷一是也。

夜抵米兰，清晨即往谒达·芬奇耶稣像稿，观圣餐残图，令人低回感慨无已。拜达·芬奇石像，遂及大教寺，竭群山之玉，造七百年而未竟之大奇也。

徘徊于拉斐尔雅典派稿及雷尼圣母、达·芬奇侧面女像之大者，两半日，而去天朗气清之岛城威尼斯。既入海，抵车站，下车即阻于河。遂沿河觅逆旅，一浴，即参拜提香之《圣母升天》，吾最尊崇者之一也。奈天雾，威古建筑受光极弱，藏升天幅之教堂尤甚，览滋不畅。于是过里亚而笃桥，行至圣马可广场。噫嘻，其地无尘埃，无声响，不知有机械，不识轮之为物。周围数千丈之广场往来者，皆以足。海鸥翔集，杖藜行歌,别有天地,非人间矣。乃登塔瞭望此二十万人家之水国,港汊互回,桥梁横直,静寂如黄包车未发明时之苏州。其街头巷角小市所陈食用之属,亦鲜近世华妙光泽之器。其古朴直率之风,犹令人想见委罗奈斯、丁托列托之时也。其美术院藏如贝利尼、丁托列托之杰作无论矣。吾尤爱提埃坡罗之壁饰横幅,长几十丈。惜从他处取下移置美术馆院时,不谨慎,多褶断损坏。提之画,壁饰居多,人物动态展扬飘逸,诚出世之仙姿。信乎十八世纪第一人也。古迹至多,舍公宫之委罗奈斯之威尼斯城加冕外,教寺中尤多杰作,卡巴乔、老班尔迈、提埃坡罗等作,触目皆是。念吾五千年文明大邦,惟余数万里荒烟蔓草,家无长物,室如悬磬。威尼斯人以大奇用香烟熏黑,高垣扁闭,视之亦不甚惜,真令人羡煞,又恨煞也。

意近人之作,吾爱丁托列托。又见西班牙大家索罗兰、英人勃郎群多种,皆前此愿见之物也。

美哉威尼斯,吾愿死于斯土矣!游波伦亚,无甚趣味。至佛罗伦萨,中意之名都,但丁、乔托及文艺复兴诸大师之故土。

吾游时,意兴不佳,惟见米开朗琪罗之大卫像,及未竟之四奴,则神往。余虽极负盛名之乌菲齐美术馆、梵蒂冈。

吾所恋者尚在希腊雕刻也,负曼特尼亚、波提切利多矣。购一摩赛克(镶嵌画),其工甚精,惜其稿不佳。吾意倘能以吾国宋人花鸟作范,或以英人勃郎群画作范,皆能成妙品,彼等未思及此也。一桌面之精者,当时只合华金五百元耳。游罗马,信乎吾理想中之都市矣。Forum之坏殿颓垣,何易人之深耶?行于其中,如置身二千年之前。走过市,目不暇接。至国家美术院及卡皮托利尼博物馆,如他乡之遇故知,倾吐思慕之殷且笃者。尤于无首、臂之Cirene女神,为所蛊惑,不能自已。新兴之意大利,于阐发古物,不遗余力,有无数残刊,皆新出土,昔所未及知也。既抵圣保罗大教堂,入教皇之境,美术之威力益见其宏大。遂欲言清都紫微,钧天广乐,帝之所居。于是浏览亘数里埃及以来名雕,及于西斯廷大教堂,览米开朗琪罗毕身之工作,又拉斐尔、波提切利庄整之壁画,无论其美妙至若何程度,即其面积亦当以里计。以观吾国咬文嚼字者,掇拾两笔元明人唾余之残墨,以为山水,信乎不成体统。又有尊之而谤骂西画者,其坐井观天,随意瞎说,亦大可哀矣。第三日乃参谒摩西,大雄外腓,真气远出,信乎世界之大奇也。游国家美术院,多陈近世美术,得见彼斯笃菲椎凿,高雅曼妙。尤以塞冈第尼《墓人》为沉深雅逸之作,以视法负盛名之布德尔,超迈盖远过之。又见萨多略之两巨帧,证其缥缈壮健敏锐之思与德之史土克异趣。蔡内理教授为爱迈虞像刻浮雕数丈,虚和灵妙,亦今日之杰,皆非东人所知。东人所知,仅法人所弃之鄙夫,自知商人操术之精,而盲从者之聩聩也。

既及庞贝古城而返法,恋恋不忍遽去,而又无法多留几日也。

境垂绝,只有东归,遂走辞达仰先生。先生卧病,吾觉此往殆永别,中心酸楚,惧长者不怿,强为言笑,而不知所措辞。惟言今年法国艺人会(所谓沙龙)征人每幅陈列费八十法郎,是牟利矣。先生喟然长曰:"然。"余曰:"余今年送往国家美术会,凡陈九幅。"先生曰:"亦佳。顾耗精力以求悦于众,古之大师所不为也。"余赧然。先生曰:"闻汝又欲东归,吾滋戚,愿汝始终不懈,成一大中国人也。"余因请览画室中先生未竟之作,先生曰:"可。"余之苟有机缘,当再来法国。先生又勉勖数语,遂与长辞。先生去年七月三日逝世,年七十八。

余居法,凡与达仰先生稔者,皆得为友,如 Muenier、Amic、Worth 等,俱卓绝之人也。所谈多关掌故,故星期日之晨甚乐,今惟 Muenier 存矣。倍难尔先生,一世之杰也,曾誉吾于达仰先生,今年已八十余,不识尚能相见否。吾魂梦日往复于阿尔卑斯山南北之间,感逝情伤,依依无尽也。

吾归也,于艺欲为求真之运动,唱智之艺术,思以写实主义启其端,而抨击投机之商人牟利主义,如资章黼而适诸越,无何等影响,不若流行者之流行顺适,然吾亦终无悔也。吾言中国四王式之山水属于 Conventionnel(形式)美术,无真感。石涛、八大有奇情而已,未能应造物之变,其似健笔纵横者,荒率也,并非 franchise(真率)。人亦不解,惟骛形式,特舍旧型而模新型而已。夫既他人之型,新旧又何所别?人之贵,贵独立耳,不解也。中国之天才为懒,故尚无为之治。学则贵生而知之者,而喜守一劳永逸之型。

中国画师,吾最尊者,为周文矩、吴道玄、徐熙、赵昌、赵孟頫、钱舜举、周东邨(以其作《北溟图》,鄙意认为大奇,他作未能称是)、仇十洲、陈老莲、恽南田、任伯年诸人,书则尊钟繇、王羲之、羊欣、爨道庆、王远、郑道昭、李邕、颜真卿、怀素、范宽、八大山人、王觉斯、邓石如。

吾欲设一法大雕刊家罗丹博物院于中国，取庚款一部分购买其作，以娱国人，亦未尝有回响。盖求诸人者，固难以逞，吾求诸己者，欲精意成画百十幅，亦以心烦虑乱，境迫地窄，无以伸其志。虽吾所聚，及已往之作，亦将为风雨虫鼠伤啮尽。念道旁有饿死之莩，吾诚不当贵人以不急之务。而于己，又似不必亟亟作此不经摧毁之物，以徒耗精力也。而又无已。

吾性最好希腊美术，尤心醉巴尔堆农残刊，故欲以惝恍之菲狄亚斯为上帝，以附其名之遗作，皆有至德也。是曰大奇，至善尽美。若史珂帕斯、李西泼、伯拉克西特列斯，又如四百年来达·芬奇、米开朗琪罗、拉斐尔、提香、伦勃朗、委拉斯凯兹、鲁本斯，近人如康斯太布尔、吕德、夏凡纳、罗丹、达仰、左恩、索罗兰，并世如倍难尔、彼斯笃菲、勃郎群皆具一德，造极诣，为吾所尊其德之至者。若华贵，若静穆，再则若壮丽，若雄强，若沉郁，至于淡逸冲和、清微曼妙，皆以其精灵体察造物之妙，而宣其情，不能外于象与色也。不惟一德，才亦难期，大奇之出，恒如其遇。而圣人亦卒无全能，故万物无全用，虽天地亦无全功。吾国古哲所云尊德性，崇文学，致广大，尽精微，极高明，道中庸者，其百世艺人之准则乎？

若乃同情之爱，及于庶物，人类无怨，以跻大同。或瞎七答八，以求至美；或不立语言，以喻大道，凡所谓无声无臭，色即是空者，固非吾缥缈之思之所寄。以吾之愚，亦解不及此。苟西班牙之末于斯干葡萄能更巨结四两之实，或广东之荔枝可以植于北平西山，或汤山温泉得从南京获穴，或传形无线电可以起视古人，或真有平面麻之粉，或发明白黑人之膏，或痨虫可以杀尽，或辟谷之有方，或老鼠可供驱使，或蚊蝇有益卫生，或遗矢永无臭气，或过目便可不忘，此世乃大足乐，而吾愿亦毕矣。

一九三〇年四月

旅欧记行

廿二年（一九三三）岁始，余应法国国立外国美术馆之请，赴巴黎举行中国绘画展览。航海而往，第三次矣。顾此次所乘法舟安德烈·勒邦号之副船长德隆先生，特与吾友善。舟至印度洋长距离之间，T先生谓："艺术家对于机械殆乏兴趣，虽然，舟中之一切布置，限于地位，须极度经济，正如一大交响乐。且舟中乘客，虽一二三等，居处自若，却未知烧火工人生活，盖巡览一遍，余任向导。"余闻之而喜，即偕约同行者四五人，随T先生参观。则舟中咸水淡水冷热水之置管，一切电器之衔接，气象所指，历程所经，时局变迁，商情起伏，凡有便利，靡非人为，纯乎一城市设计，而不容有一隙闲地者也。方之世界五七万吨大舟，此仅二万四千吨之中型耳，其结构精密完美已如是。而此类造船师有多量杰作，流行于世，世人身受其惠者且不可胜计，顾其名不为人所知，亦无人询问其名者。而末世之艺术家，画几枚颠倒之苹果，畸形之风景，或塑长头大腿之女子，便为有功于文化。两两相较，其道理不特恒人所不解，即不佞亦深为惶惑者也。惜此类艺术家，无是机缘，令之一度自省也。

既及下层，热气如炙，火焰熊熊，殆是地狱。工作者虽多华人，白人亦有，安于故常，视之若素，匪如吾人乍临此境，中心震悸，不能一朝居也。境况热烈如此，益以发动机奔腾之声，隆隆倾轧，百音相合，烧火白人，或啸时下之调，亦有吭声放歌者。既见T先生率客而来，即为敬礼，T先生随手答之，谓余等曰：君等必以此为地狱矣。良当，然试立此处，固得凉风调剂，其苦不若想象之甚也。盖巨炉之旁，上设透风筒，其下方丈之地，穆然有风，咫尺之间，炎凉大殊，故人能长期工作，否则将成烧烤熏炙之厨，纵有耐苦之华工，亦必不胜也。

法 Borrey 旅长，昔为袁世凯顾问，居中国多年，识中国名人颇多，今在巴黎为记者，以其经历丰富，人亦重视其文，讯知吾至巴黎，即来造访。其人豁达真率，为一标准法人性格，余且叙且示以展物数种，彼即记录，索照片多种而去。不数日，彼即写一洋洋大文，益以齐白石《双鹊》，及吾之《九方皋》幅插图，载巴黎销行最广之一报Intrinsigent。因消息为独家所有，各报遂生妒忌。厥后又有中国之世界通信社记者某君，无端将不佞乱恭维了一阵，法文复不甚佳，致令法国同事气沮，至于失欢，多方掣肘。且幸画展开幕后，轰轰烈烈，全欧报章均有记载，计其份数必超过一万万。十法郎一册之目录至三版绝版，洵是意外之幸。故天下事有好意反得恶果者，不可不慎也。

余之为德国展览也，其动机由康普先生Professeur Kampf，德国人奉为德国精神者也。Kampf字义，释为战争，德国新派画家惮其严肃，颇不喜之，顾为之语曰：无战争，亦即无胜利。其心钦之又如此。柏林美术会既延我展览作品，遂大遭博物院长枯某之忌。枯某党员新贵，炙手可热，而彼主持中国近代画展者也。吾展适在其先月余，中心大恨，而无可如何。即柏林美术会，亦惟知尽其任务，沟通各国艺术而已。各刊物对之，极为同情热烈，盖初次见中国近人之画，未必拙作果臻美善也。

丁文渊先生与鲁雅文先生，皆尽力于法兰克福中国学院之开展，坚约吾赴彼展览。而吾柏林展后，急于至意大利为米兰之展。廿三年（一九三四）一月竣事，即返法兰克福，未竟，又赶往罗马，仆仆于道，维时三月，而莫斯科、英伦两处又请往展，而皆欲在五月。丁文渊先生知吾将有罗马之展，即以函件径寄意都。于是吾在街头或博物院中，彷徨不遽决者可一星期，因罗马、英伦、莫斯科，只能举其一，而必弃其二，重要相等，决择綦难。卒以苏联既以国家招待，请而不往，则他日欲去，反为不妙。因决放弃罗马、英伦，而应苏联之聘，赴莫斯科。

在离意大利之前，曾偕碧微、吕君斯百、沈君宜甲至水国威尼斯访意大利最大画家帝笃先生，蒙导观所作。时先生年七十三，作风雄健飘逸，尤光彩焕发，不愧为威尼斯派提香、委罗奈斯、丁托列托、提埃坡罗之承继人，与畅论当代艺术趋势。先生曰："往者吾意大利有佛罗伦萨派、威尼斯派、罗马派。西欧亦有弗拉孟派、法国派、德国派等。各葆其不同之性格与作风。是以有趣。今之新派,至东西南北之作者,皆出于一型,且不论其美恶,抑其得失,吾未敢言也。"威尼斯在欧洲,以产精巧手工艺品著名,因参观其镶嵌画学校,以近世绘画为威之镶嵌画别饶韵致,惟不知尚能继承其已往光烈否。

意大利近代最大雕刻家彼斯笃菲先生,在一九三三年八月逝世,吾至意时已不及见。惟心钦维克托·伊曼纽尔二世伟像下一周高刊作者蔡内理(Zanelli)教授。既返罗马,因约岳仑先生,同往访Z先生。岳君在法习雕塑,颇著声誉,今弃业为罗马大使馆馆员,亦人生伤心事也。Z先生时年六十余,壮健无比,其掌如巨灵之掌。与人握手,几非手之感觉。先生曰:"建国意王像旁云石高刊,余工作凡十四年而成。"其每日操劳七八小时,所用铁锤重二十斤,宜Z先生有此手也。其人谈吐笃实,不似近世意大利人,作品甚多,令人咋舌,盖雕刻非画之比,艺既精妙如此,又产如此多量,安得不心折耶。

吾生有幸运之时乎?无有也。有之则自意大利极诺凡起程,经希腊、土耳其、黑海而及俄南境Odessa城,十二日海道中矣。时当春令,日暖,道经雅典,更得巡礼。梦寐半生,获偿夙愿,谓非人生最大幸福乎。

世界文明最辉煌昌盛智慧之神君临之雅典,诚使人系情无已。尤以吾之匆匆过此,须集合一切已往及未来、散布或蕴藉,并搜刮至于魂梦所耗之精神,以消受此短促之幸运。食饱上岸,不令损失片刻光阴也。

雅典距海口十余里,尚须坐几十分钟火车,且幸未需久待。即入城,觅著名之雅典博物院,如逢旧雨,握手言欢。又见近日出土尚未发表之物,如前二世纪小渔夫,铜铸之阿波罗等,亦皆惊人杰作也。各国虽皆设考古学院于兹,今自任工费,仍得请于希腊政府,准予发掘,但发掘所得,概须呈缴雅典博物院。惟注明为何学院各人所发掘得,名誉而已。琳琅满目,举凡荷马时代器物,再溯迈锡尼,直及上古克来忒岛一切壁画,及用具等等。博丽丰繁,灿然咸备,匪如吾国典章文物,俱莫可依实物考证。同为世间最文明之古邦,希腊仅昭苏百年,文献足征如此,吾国学者,正宜加紧工作也。

即整饰衣冠,赴安克罗博里高岗,参拜巴尔堆农古殿,在电车中仅十余分,似神明已与雅典娜相接。既达,盘旋而登。岗下多橄榄树,簇簇成林,渐及殿门,觉惠风习习,似闻上界笙歌。而云车风马,白光皑皑,随护此龙钟老叟,苏格拉底、柏拉图、亚里士多德相迓然者。既而崇高之庄严之古殿,昭然涌现,高柱崔巍,皎如玉树,幻象旋失,忽得真吾,又惊真吾。真到此间,真到此间,死也无憾。

岗上殿旁,尚有一博物院,专陈本岗古迹,如前五世纪现存巴尔堆农残殿未建时为波斯所毁之古像柱础,陆续发掘得者,及现殿残迹。流连全岗,攀登坐卧,窥按摩娑,及于四极八荒,上天下地。

人言近世希腊人不足与古希腊人比拟,吾此次行色匆匆,便有菲狄亚斯、波留克列特斯,亦不遑拜见。惟觉到处问路,均蒙人殷勤指示,洵然大国之民,亦殊可敬慕也。至于米罗女神、斯巴达武士,度尚有之,惜过路者为时间所限,或竟交臂失之,未可知也。

吾在极诺凡行前,得熊式一君自伦敦来电,坚求吾为彼将刊行之《王宝钏》作图。余复言视兄运气何如,我将尽力为写三幅至四幅。因吾计舟行十二日,或得闲为此也。讵此行乃极妙之旅行,每日抵一城,如那不勒斯、庞贝、西西里诸市,皆极饶古趣,概须登览。及亚德里亚海、爱琴海间,又遇风浪。既抵雅典,翌日将抵土耳其故都伊斯坦布尔,复有预备工作。直及达到苏联之前两日,至罗马尼亚,因此邦与苏联国交未复,赴苏联者不得在彼登岸,而舟停一日,方得能为熊君服务,写得三幅半,以一幅未设色也。

康南海先生曾誉康斯坦丁堡,即伊斯坦布尔,为世界最据形势之都会,信乎不虚。自经达达尼尔海峡到此数百里,负山临海,雄都扼险,真有龙蟠虎踞气概。既莅止,则市廛繁盛,女子抛头露面,一若西欧大城,雅造之邦,无复神秘色彩。意欲赴回回馆吃点心,及饮道地土耳其带粉咖啡,未果。匪必因人地生疏,因欲浏览之处太多,竟未进饮食。

世界现尚据用之建筑物称最古者,当推圣索菲亚教堂(五世纪物),亦东方式最伟大之环拱式也。中建置四方柱,壮固无比,以为四达环拱立基,故教堂顶外形圆圈重叠,有如泡沫,吾故号之曰泡沫式。建筑学者,谓此式起于古亚述,及于小亚西亚。今罗马之万神庙,此式最古者矣,但其面积,殊不足与圣索菲亚教堂方比也。

土耳其近古以来大建筑,如安赫梅德寺,皆守此式,其四角且建高塔,尖耸入云,益增气势,盖便于瞭望,犹封建时代之建筑也。顾以之为庙,觉太畅朗,神固不来,设神果来,亦必毫发毕显,靡有隐匿,与后此哥特式精神迥异。

土耳其旧京博物院,除出土不久之西力桑特大石椁(实泛希腊派三世纪物,并非大王椁也)为世界美术史上瑰宝外,藏有多量之东罗马时代(拜占廷)雕刻古器等等。最后一室,则悉陈中国瓷器,精品颇富,俱系康乾时代物,殆满洲帝王与回教苏丹馈遗之礼物也。闻尚有十余大箱未打开之瓷器云。

远望一岗,宫殿嵯峨,盖当日苏丹夜御一女叙述一千零一夜故事秘部,未能往观。

由土旧京伊斯坦布尔入黑海薄司福峡——以罗马古堡名者也,蜿蜒约二十里,宽一二三里不等,两岸平山,林木蔚翳,触目皆层楼高阁,殆是人间天上,皆当年苏丹宠臣之别墅也。错落相望,连续不断,民脂之府,当日仙林,今政府悉以充公,亦快事也。

计吾生平最扬眉吐气之日,当为居留莫斯科与列宁堡之三阅月矣。吾与之全副热诚,而得其作家及大众充分同情之报耶。世固有违乎此例之实。要孟子所谓爱人者,人恒爱之,敬人者,人恒敬之,必是正理也。吾居苏联两首都,几尽识其造型艺术大家,叙其趣闻,亦资谈助。梅枯洛夫先生者,为今日苏联最重要之雕刻师,居于莫斯科近郊深林之旁。其人魁梧奇伟,虬髯丰发,与眉目俱深黑,年五十余,与吾相识,方在其病后。盖有仇家三人持械入其乡居袭之,梅倒一人于地,革其一,又一人开枪贯梅腹,梅夫人大声叫喊,家人与邻舍咸集,凶手就逮。梅先生治伤,两月始愈。先生豪情爽气,心直口快,生平不好名,从不发表作品,作品亦不署款。少年时留学西欧十年,故识罗丹等前辈,亦工文学。余往访时,方自叙其生平未竟,蒙以法文译示其中一章。梅在西欧留学时,辄好古埃及人坚硬花岗石作品,心究其术,时试琢之,流传于外者颇多。帝俄时圣彼得堡贵人,与莫斯科巨富,俱以巴黎为文物渊薮,辄至其处,尽其精神物质与肉欲之享受。故法国画商,有专囤货品备特列恰可夫等人采购者。大革命后,梅居莫斯科,尽瘁艺术。乃有批评家某专为文毁梅,初不措意,久之人具知某之无聊。一日某艺术团体张宴,梅先生与某俱在座。某自觉窘甚,乃就梅先生谈,耳言曰:"月前曾得埃及古帝国期残刻人像一具,绝妙。盖出自特列恰夫收藏,可供先生参考,盍来敝寓一观。"梅应之,订期而往,谛视此作,已置佳座,某意甚得。梅先生乃言曰:"此作于某年某日,卖于巴黎某肆主人,梅枯洛夫大师某时代之手迹也。幸蒙先生夸奖,再见。"言竟而去。

梅先生爱制面模,苏俄近数十年来名人逝去,梅必为制之,从真人面上脱下,不啻真人也。美富豪某,欲以数十万金购彼此项作品,梅笑却之。余因请其托尔斯泰及列宁两模,蒙于两星期内制赠,故中国公然保有列宁真像者,余殆第一人矣。

梅先生之园,可八十亩,中置硕大无朋、颠倒横竖之花岗石无数。受政府命造像工作,预计十年内不能毕事,其所延助手且十余人。苏联最重要之列宁及斯大林五丈高之花岗石巨像,其手迹也。梅先生园中多白杨树,闻此树在四五岁时,于春间离地三四尺,开一小孔,消毒后,以瓶口承之,日可浆一瓶,含重要之生活素甚多,饮之延年。一树每年取浆十余次,并无妨碍云。梅先生伉俪且言,倘吾早来一月,当同尝此甘美无比之饮料,余笑谓虽未得饮,闻此殊快意也。

列宁堡有老画师李洛夫(Rylof)先生者,当年写《绿舞》得名,其为人诚挚笃实,人乐亲之,尤为同道所爱戴。前年苏联政府将一切关于大革命红军战迹之画,展览于各大城,及列宁堡,此展之主持者与参加者,咸请李先生出品,李莞尔答曰:"诸公皆写红军战迹出品,余所写皆系风景,与题无关,奚能出品。"众强之,竟携其一作陈列于会,有人怪而诘曰:"此幅风景,奚关红军?"执事者应曰:"君不见此板屋乎,此屋后便是红军。"人闻此答,甚为满意,大笑而去。先生曾延吾至其家,倾谈半日,其诚厚之风,尤使人不能忘。

苏联最老辈画家,其艺又最精卓者,吾深服念斯且洛夫先生。先生潜心宗教,当日俄国大寺壁画,多出其手。革命后政府反对宗教,将其作品用木板掩蔽,虽未毁坏,而人莫由得见。念先生兴感已竭,苦闷颇深。余因名画家葛拉拔先生之介,往见之。即询吾当年与法、德艺术家之关系,尤与达仰先生之关系,为彼所乐闻。示吾近作诸人像,皆精力毕集,当世作家可与颉颃者,盖极少数也。埋首作画,厌闻世事，以与时凿枘，故绝不以所作出陈。

但苏联中年画家，莫不知此老健在为泰山北斗。政府欲购其作，不可得。前数年，其后辈某君强以其作画家樊司耐差夫像出陈，并请其定价，念先生因定一极巨之价，过于寻常价格十倍者。苏联政府竟购之，陈列于美术馆。翌年，某君又以先生自画像出陈，政府又购之，价巨一如上作。去年春季，余在中苏文化协会，晤及苏联文化协会代表萨拉柯切夫先生，叙莫斯科最近艺术运动，言苏联政府坚欲念先生展其所作，念先生不允。谓近作惟人像而已，不足代表其精神，使者固强之，乃陈其近作，大小十六幅，政府遂悉数购之，任其如何定价云。孔恰罗夫斯基，苏联今日最著名画家之一也，去年举行作品展览，既观念先生作展览，乃更易其展内容，以避锋芒，其为人所重视如此。人生暮年遭长期之窘困，可谓不幸，乃剥极则复如是，诚当喜出望外。倘天不与之年，亦徒见其悲愤困厄而死耳，尚何言哉。苏联主持艺术者之不避嫌怨，惟崇真艺之态度，与其苦心如此，诚令人感奋至于泪下也。

列宁堡于夏至前后一月内，终夜明朗，不需灯火，号曰白夜。吾为艾米塔什之展，适在此时。Ermitage（冬宫）博物院者，乃世界四大博物院之一。原已极大，今又益以著名之俄帝冬宫，故东西之长，约二里，尽用以陈列俄国以外各国之美术品，因大革命后没收逆产无数，故须极度扩大也。中国美术之展，即在冬宫举行，吾因得于无尽之黄昏中，倘徉 Neva（涅瓦）江头，或饮食于水上饭店，悠然意远，长夏清和，不知暑气。三年前之今日如此，而世变漫无纪极，抑不知三年后之今日又如何也。

游英杂感

范中立以后,世界第一风景画家,应推十九世纪初英国康司太勃矣。其艺一秉自然,笔意沉着,色调苍郁,其人物牛马之布置,尤错落疏密,恰到好处。其作风阔大雄奇,而且精意,望之如不甚费力者然。其影响于法国画派最大,德拉克洛瓦专为其画,作英国旅行。若《禾田》一幅,林木幽密,群羊过树荫下,一童卧饮泉流,禾初熟,据幅之中,作艳黄一色,至善尽美。又如伦敦市政府美术陈列所《风雨》一幅,如此创作殆旷古所无,其手腕之强烈,将与造化同功。惜其作品,他处少见,伦敦藏者,以国家画院者最精,次之维多利亚博物院(其画数百幅皆在此处),塔特画院,亦有十余幅。吾每过其前,辄徘徊不忍遽去,诚哉其易人深也。

至若浑茫浩瀚,气象万千,光辉灿烂,笔参造化者,则有与康司太勃并世之特纳!特纳为英国画派之巨星,亦近代画派之太宗。吾恒比之诗人李太白,而康则近杜甫也。塔特画院藏其杰作三大室,其巨帧如《汉尼拔翻越阿尔卑斯山》《雪崩》《纳尔逊之死》《赫斯珀里得斯花园中的不和》《洪水》《海难》《所多玛的神谕》《埃及十劫难》《布特麦尔湖上的彩虹》《阿波罗与西比尔》《奥威也特风景》《1830年》《阿波罗与达芙内》,真如司空表圣所云,有天风浪浪、海山苍苍、真力弥漫、万象在旁之气概;或长虹远亘,或落日萧萧,或海市隐约,或轻帆荡漾,或阵云深锁,或老树参天,间以英雄、美人、水兵、骑士,是现实之神话,惊怖之历史,要之绘画中所有壮丽一德,特纳造其极矣(特纳一生最用功,其画稿有一万五千纸,皆摹写真景,故能心领宇宙之变,而从容出此)。

英国派中之第三位名家,吾私意窃愿举米莱斯(Milais)。其作以全体言之,颇厌琐碎,但《奥菲莉亚》一幅,写一艳尸浮于清泓,水流花放,鸟鸣宛转,极沉深幽奥芬芳冷艳之致,且其画术,乍观之,惟惊其细,细审之,凡水藻沉湎隐约之处,俱不可拟。盖先研精此术,完成后,方以画试,而得造此画中之一奇也。一如意大利塞冈第尼之夕照,不可拟也。彼浅见夫,曷足以语此莎士比亚诗中人。

若其出狱一幅,章法色彩,亦称臻上乘,但作法则近魔道。天下事有宜置于此,而不宜置于彼者,有用其道,终身未得一当,而见笑于洴澼洸者,米莱斯曾得一当,曾造一奇,可以不朽矣。

世之风景画家,不可不来英巡礼,吾之来,原为研究希腊美术,而深幸得此意外之获也(吾于一九一九年曾来英观画院,其时适际战后,英国宝藏,惧德飞机炸毁,皆匿置他处,故吾未得见)。若大英博物院希腊巴尔堆农、麦利纳、哈利卡纳苏斯、因瓦奈德,俱大地之宝,又如希腊古陶、中国画、日本画、亚述浮雕,国立画院中之意大利、西班牙杰作,维多利亚之七幅拉斐尔织画稿(织画藏意教皇宫),瓦雷斯收藏之伦勃朗、哈尔斯及法国德冈杰作,皆他处不可见也。世人皆以为法之收藏,胜于英,吾今知其非也,愿与吾同好者注意及之。

一九三三年

真西游记

二十四日(即吾人分手之第四日)昧爽,起视两岸明灯数列,映于深沉夜尽之青黑上,俯视滚滚江流,悉是黄水,略如上海之吴淞口,舟既入港,缓缓前进,盖已抵仰光矣。

饮完咖啡,即披挂与同人登岸,不免有一番检阅护照、防疫证书之类例行手续,时天已大明。

出口尚未及大道,忽惊见上帝之败笔!亦生乎所未遇!乃有一人(大约十七八岁男子),大踏步迎面而来,其动态步法,全似鸵鸟,因其两足,共得四趾,其足中凹,每趾有甲,并非败坏,实上帝助手,误以鸵鸟之趾,装配其上,殊属不合,应令拿办……姑以人地生疏不管他算了。

一上大街,即面对金塔,灿烂辉煌,风雨不移,遇润不改,殆无中饱舞弊等情事,自顶及座,全是真金(固然仅仅外表)。及门,一卖花女郎,娇滴滴的,地上堆花,花皆成束,先以不可懂得之语,令吾等解除鞋袜。大家把她打量一番,迟疑片刻,金以为当先觅得友人,定个节目,畅游仰光,不能如此冒昧,轻举妄动,况且赤脚,何等大事……但是摸不着头脑。

即沿塔右转,张君发现了一家咖啡茶店,门前两位黄面执事,穿着裤子,证明他们是咱们同胞,大家便奔赴此店,以吃茶为名,打听路途。端上几碟点心,颇多苍蝇陪食,医生单君,坚持不食。张君便以最普通国语,询问中国领事馆、西南运输公司……起头语言不懂,原来是福州人,厥后实在不晓得,彼此哈哈假笑,不免怏怏。

另一桌上,聚着三位彪形大汉,身披深黄长布,一人架着眼镜,觉其有向我们解说样子,单君谓闻此地原有某国游方僧,或者就是他了。于是走向他们,堆起笑容,做着手势,近视之,是缅甸和尚,忽转向其伴，口中支吾，看去似乎表示茫然之意。大家觉得不是话头，付了茶钱，仍向大街走去。不多几步，经过一外国药房，柜中站着一人，中等身材，头发光亮，像是一位广东同胞。单先生先要买药，然后问他是否同胞，那位一面走去取药，转面带笑摇摇头，表示不是，我说这药又白买了！

走近一看：原来那位柜台所遮蔽之下半截，围着一条裙子，买卖做完，他便高声叫密司忒孔。一位胖胖的三十岁左右先生来了，说得国语，自称广东南海人，为我们殷勤通了几处电话，一切问题解决。

我尤喜欢找到了老友王振宇先生，并且知道中国银行与所有的银行一样，任何节忌都得放假。从此日起，接连三日，为缅甸张灯节休业，适届阴历十月半，入夜将有非常热闹的光景。

方才晓得顷所经过之金塔，不是那回事，仰光圣地大金塔，还在市外，距此两里之遥。

于是我们便会合吴忠信专使，及荣总领事，一行驰车，巡礼大金塔。

市外树木葱郁，道路整洁，远远望见高巍嵯峨、金光灿烂之佛塔，越走越近。

停车处，有英国三道头、北印尤葛儿巡捕多位，维持秩序。大家将鞋袜脱下，置于车中，入寺门拾级而登，遂谢绝围裙之向导，笑却两旁兜售香花女郎，走过二三十家白石年轻佛像店、象牙器店、镀金偶像店、玳瑁梳箆店……尤其花店，算上约一百二三十级，便到塔下。

金塔位于距平地约八九丈高之山坡上，其历史与重量体积，我未尝深究，我想你把他拆开，两万吨的货船，是装得下的，通体贴着金，所以永久不会有古老的容色。

地皆用黑白云母石镶成，极为整齐，塔之贴身周围，围以毫无意识、秩序与计划之无数佛座佛殿。殿之大者，中置以无计划与秩序之年轻白石佛像，其大者高可一丈。有数殿正中，以坚固之铁窗，囚一真人大小重可数百斤之纯金佛——头戴尖帽，面带烟容，身饰各种宝石，尤以驴皮红石为多。

闻据现下行市，此金佛之金价，即值数十万元，故不得不囚之铁窗重锁中,而香花特甚,真所谓拜金主义也!

此类殿宇及佛座,高大错落,形式不一,接连无隙,往往佛座后,埋一白石巨佛,斜身遮没,为人瞥见一眉,逼促得令人伤心。惟因其胸前,有一席地,为功德者即建一佛座,先建者似较有行列观念,其后陆续填塞,罔有纪极。大座以石或砖造一长方箱,上耸一尖顶,然后施以金饰,务显雕刻纤巧之能,颇如一件首饰,佛即置其中。倘为贵重品质,便即关以铁窗。历时既久,施主或亡故,则金饰剥落,渐有骨董之姿,故新旧殊不一致。

此言金塔周围贴身之殿宇与佛座也,大小约有八九十及百,其外围即宽广整齐之云母石铺的人行道,阔二丈至三丈。塔不可登,由平地而登塔座之门,东西南北各一。吾等所登之门为正门,故商肆咸集。

人行道外围仍是庙宇,中一例供奉白石年轻佛像,比之小学生上国文课,人人有书册,书虽多,但是同样东西,此处佛像仅有大小差别而已。以艺术眼光观之,尚是初民格调,而无初民率直之生气,盖天下第一呆板文章。亦有一二卧佛,同具最高级之呆板。在此无数殿宇中,有中国人建殿一,佛像貌较俊秀,同人于是自豪。正门及顶处,悬有中国匾额一方。此外沿之庙殿,适如城墙外围,甚少统计学家做一精密计数。

原有古树,皆为保持,颇有奇形怪状者,有就巨榕盘根之隙纳一佛像者。居然在此类建筑物中,为吾等发现一藏书楼。其第一任会长为一华人。是日会所内,集七八少女,整理各种真伪之花,准备点缀佳节。此处媚佛,不用香烛纸马一类贿具;细香一烟,燃于佛前,亦不恒见。拜佛者,就吾是日所见,以少女为多。大抵面抹可制糕饼之粉,挽一置于脑后之髻;衣短白纱底贴身小衫,掩其平平双乳;围一长裙,恒淡绿色;赤其双足,而拖着如巨舟宽泛伸张于踵后两寸许之大黑鞋。行时沉默,不言不笑,有携子女而来者。其拜佛也,双手向前,握一束香花,花恒白色,将其轻盈飘娜之身,一扭而委于地,自然安放,如懒坐之态,并非跪下。其身或偏向左,或偏右,如拜者意,佛当无所计较。严缄其口,不宣佛号,亦不诵经,但历时颇久,似以殊为冗长之愿望,向佛祈祷者。其不可及处,则双手举花,不感急乏,当有训练功夫，非同小可。小弟颇为着急，意良不忍，而少女祈祷亦毕，仍是一扭而起，将花插入佛前之痰盂中，安步而出。

至于男子之拜佛，形式便有不同，其跪倒时，左膝曾着地，右足不与之一致，双手举花，口中念念有词——其中不少穿短背心之放恶债阿拉伯人。其不甚可及处，亦在其双手举得好久。往往有一身披深黄色长布之和尚，逼近金佛前诵经，有领导者样子。

吾人巡礼大队，或停或止，滑来滑去（地上往往有油），想到月满张灯夜景，必更可观，于是晚餐既毕，卷土重来。

赤足由西门入，为最壮丽之柱廊，圆柱两列，皆以真金贴饰，每列五六十柱，由下而上，可称伟观。既及塔座，人行道之近塔一面，皆布油盏，星星满地。

有数处十余人集合，头缠白布，击锣捣鼓，吹中国喇叭，又有合唱团，唱时颇整齐划一，皆席地坐着，亦有一和尚为导，团员大半是胖子，高声时，颇有动人表情，因其认真，观者不便发笑。其地蚊虫不少，唱者击节，顺手打去。忽然唱止，即燃起息敢烟，吞云吐雾，缭绕一堂，仍不站起。徐苏灵君为摄一影。

最多之和尚，皆是青年男子，体格亦多壮健，口吸息敢烟，做许多闲人所做之事，不能悉述。

中国冬季，即热带最佳节候，缅甸、印度之雨落完，天气转变凉爽。仰光除大金塔外，尚有两湖绝胜，曰维多利亚湖，曰王家湖，皆在极繁盛之森林外，而维多利亚湖尤宽，赛舟小者亦多。该地巨富，好建别墅于湖旁，其岸高出湖面一二丈，故尤觉美丽。

邝先生导吾等荡桨湖上，微风习习，已无暑气，夕阳乍敛，装成满天晚霞，嵌入蔚蓝天底，倒影入湖，光胜上下。远处之云，渐渐掠过，在金光上，浮起一层淡紫，愈远愈深，幻为各种鸟兽形状之黑点。此时主宰大地之皓月，正在对方涌现，晕于周围，群以为风兆，亦大佳事。

如此风光，可以无憾，同人便开始担心重庆夜袭，又念此时南宁争夺之战，无心耽赏美景。此时肚子饿，不遑追究结论，晚饭后返市。

竭仰光所有之美味，烧烤于道旁，此类多到不可胜数之少女，总是长裙委地，娇滴滴地，把身子一扭，扭在地上，或离地六寸高之板上,右手捧着面条、大葱、辣椒、酱油之属,撮成一把,往口里送,极是津津有味。吃完将肚子一瘪,从腰间取出几个铜板,挺起肚子,张开两脚拖着大黑鞋,一步一步,有时两眼向旁边一瞥,用菊花指头在齿缝内,排出些东西,高高兴兴,向最热闹拥挤的人丛中钻去。宽广之马路上,距离一丈二、四尺高处,结成天网,从网上齐齐整整缀上各色电灯,远处渺然密集,向近展开,直达身后,光怪陆离,宛如置身迷宫。竭仰光所有之舞剧、杂耍,在临时搭起之台上表演,如其白石年轻佛像,有同样之神气。有以老虎为商标之店,在一高台上搬出甚多假虎,有的走来走去,有的尽翻斤斗,向客就叫。此种玩意,引致嘴吃东西之孩子不少。形形式式各种民族,有各种打扮,而缅人之特点,仍在不言不笑,雍容静穆。

  有一条中国街,商业尚称繁盛。仰光大学中,闻有几位名教授,尤以那位研究中国佛学之英国教授,为有名于世界,惜为时大促,未往参观。动物园亦罗致珍禽异兽不少。一言以蔽之,在文物观点上,仰光不失一美城子,若上帝许减其热度二十五度至三十度,便不难成人世天堂,为此无顾虑、不言不笑、一切希望献诸偶像之民族之极乐世界。

南游杂感

一、桄榔树

余往返欧洲五六次，皆过香港，未获机缘一莅广州。1935年秋，因赴桂，乃假道于粤垣。得郑先生子健、子展昆季导游，凡粤中名产，因时尽尝；羊城名胜，几乎饱览，颇恨相见之晚。略记其桄榔树一事，聊存回忆。

桄榔树近乎棕树，涕泣涟洏，不甚美观。其叶形式不工整，其枝错乱不挺拔，其结子下垂，蓬头脱壳，厥状拖泥带水。吴昌硕写之，必能酷似者也。粤语以树名近管郎或关郎，故有"关郎一条心"之谚。粤人秉性勇敢冒险，其少壮者，恒去其乡里，舍其妻子，涉重洋谋生。往往历久不返，消息渺然，闺中少妇，计日生愁，望断天涯，系情魂梦，操贞抗节，一意所天。燕婉之私，堕欢莫拾。或昔日之呱呱长大，生计萦怀；或堂上之翁姑老耄，死亡可惧。投卦问卜，祈祷皆穷，于是启其秘箧，将夫君昔日围腰之带，缚之于桄榔树上，并贴纸马，保其归程。泥首至地，倾诚祝告。其词哀艳，余凤闻之，许地山先生知之尤详。词曰："信女某门某氏，今因氏夫某某，出外营生，敬求桄榔爷，加以庇佑；在外衣食充足，起居平安。不许其拈蜂惹蝶，多生枝节。发财以后，早日还家。信女某某再叩。"

余见观音山侧一树，系带无算，既写其形，并题小诗："郎心管不住，徒有管郎树。桄榔如棕乱纷纷，形如涕泪涟注。亦有枝叶向外发，参差无理亦无格。披头散发若鬼魅，有女虔诚求之切。从知粤妇最多情，粤郎佻达弃之频。遗条束带复何济，无奈灵树终无灵。

"当日殷勤藏郎带，明知离别良无奈。不恃颜色不恃情，任郎自由行天外。祝郎货利日日增，愿郎心坚亘天地。不望阿郎满载金银回，但愿归来食贫相守不相弃。

"痴心天涯少年妇，空闺思念行人苦。一年半载甘心守，两年不得郎消息。访尽謦巫祷尽神，海天莫识郎踪迹。开箧启视郎身物，中心呜咽如刀割。此物当日系郎身，思郎不见久沉寂。忍将持去系树腰，郎归不归带先凋。带先凋，永寂寥，思妇之心千里遥。"

二、桂林

山水甲天下之桂林，非身历其境不能知其美。其崖壑幽深，群峰屏列。布置既煞费经营，工程亦极为浩大。尤于数百里之清水，明朗如镜，环绕城侧，宽广三里，澄碧漾漾，映照万类。可以就饮，可以就浴，故桂林之山既奇，而漓水之清，应名太清，至于不能更清，虽欲不曰天下第一，不可得也。

苦心经营工程浩大者，言当年之大六也。实则天才，应归之于造桂林城之人，临漓水，依群山，围独秀峰，凿镜湖。吾在独秀峰上观落日，羊山环列，清流映带，晚霞亘天，金光远射，几乎如人述北京耳！光为大地莫能有之妙，此其上下左右，四面八方，浑成和谐大自然之美，不能割去其一节。故摄影不能寄其美，而桂林山水甲天下，终不能否认也。

土耳其旧京伊斯坦布尔信美矣，山逊其奇；雅典有安克罗波高岗，去水太远；特来斯屯美矣，而与山水若不相关；佛罗伦萨美矣，安尔那焉有漓水之清？至于杭州、成都、福州，虽号为名都，皆去之远甚；若北京、南京、巴黎、伦敦、罗马、柏林、莫斯科、东京、列宁格勒，或有古迹，或有建筑，俱为世界所称道，但以天赋而论，真为桂林所笑也。

世间有一桃源，其甲天下山水桂林之阳朔乎？闻女娲氏遣其侍婢姎仉，至天南取彩石。既运至，女娲嫌其太黑，怒而不用，命弃去，姎仉掷于阳阿，散之满地，劳而无功，自悲命乖。啜泣连日，泪流成河，即今阳朔一带地。姎仉亦怒，掷其石于远处，并石屑亦散之，而为漓水之神不返。故广西多硗硝之山，不毛之地。

桂林至阳朔，约百二十里，舟陆可通。江水盈盈，照人如镜，萦回缭绕，平流细泻，有同吐丝。山光荡漾，明媚如画，真人间仙境也。时花间发，鸣禽赓和。如是清流，又复有鱼。于是渔者架木筏，御水鹰，发号施令，杂以歌声。又有村落历历，依傍山水，不过五七人家，炊烟断续，长松修竹，参列白墙。姎仉所砌假山遗迹，近水处触目皆是。村人或以之为砧，或以之为岸，空灵透彻，人间罕见。其地产竹笋，甘嫩肥美无比；又产香菇，味绝鲜，皆长年之药。其芋种于荔浦者，大如斗；树结丹果，累累无数，有如落霞，北方人所谓柿，含维他命最富者也。舟次阳朔，流连不忍去，宿于江上。姎仉入梦，要我久留。奈尘缘未断，又复出山。对此仙人，有深愧也。

广成、赤松皆南人，应老子之约，居广西者多年。老子之居，吾曾谒之，不若其徒七星所居之大而深邃。其徒旧居甚多，皆在桂林附近，今皆舍去，诚天下洞府最多之处矣。水泥工程皆极浩大，堆砌亦极工整妙丽。自宋以来，为人发现，题诗纪年，留名刊字者，代不乏人。载诗载□，坚固不坏。往往临流映带，极其清幽。若象鼻还珠等洞，最足恋恋者也。

郑国渠为秦绩，灌口亦为秦绩，皆称万世之利，湘漓之源在桂林东北百数十里，秦人筑长堤分湘水一部为漓江，亦万世之利。吾友苏希洵、吕镜秋两公，欲在湘漓分流处，建始皇庙，以纪秦功。虽不必遂是嬴政之功，要其法治精神，其行必果，泽及于后世，几无人可方比者。在当时固为暴君民贼，在今日言之，则尧舜文武，俱不足与之一较功烈也，伟矣！

米开朗琪罗作品之回忆

抗战九年，书籍散失，每欲论述，辄无参考。兹欲一述巨人米开朗琪罗作品，亦只凭当日感想追忆而已。

一、《摩西》

文艺复兴时代，有三位大师，皆制超人作品：一为米之前辈雕刻家多纳太罗所刻之《圣强斯》；一为日尔曼巨人丢勒所绘之四《使徒》；一即米开朗琪罗所刻之《摩西》。而《摩西》一刻尤为高超雄壮，能概括此古犹太巨人在教乘所记载之生平而理想化之。当年古希腊时代所艳称世界七大奇之一菲狄亚斯所刻之天主，吾人已无从想象。后乎此者，世界最高超之作品，无疑，吾必以此《摩西》当之。此作原为世家梅第西出身为教皇罗朗饰墓之用者，尚有《奴隶》置于其旁。今四奴之二已刻成，藏于意大利米开朗琪罗故乡佛罗伦萨国家博物院，而《摩西》则藏于罗马芬各里之圣保罗教堂。此像有惊心动魄之观，真气远出，几乎不能逼视。高妙陷入扮演格调则危险，而此刻只觉神情与动作，俱入乎艺术之理想界，可称艺术上之大奇最高峰（而大理石亦匀洁如无瑕之白玉，真是应当顶礼之品也）。其四《奴隶》亦表现悲壮之神情、动作，即未完成者已是杰作，卢浮宫藏尤为法国国宝之二，极为珍贵。

二、《十字架卸下之基督》

此刻藏于梵蒂冈圣保罗之大教堂中，基督置于圣母之膝头。圣母仪容肃穆，基督之尸体极为简约华贵。盖米开朗琪罗精解剖，故能得此，弛而不张。此人体传出华贵之姿，使人感动，在此类题材中可谓至善尽美。

三、《大卫》

此像今藏佛罗伦萨国家博物院，为巨像，高大逾真人一倍，极为雄壮精妙，神情敏锐传出其能决巨魔之力，动作自然，作法尤简练。

其外，若罗朗之象征坐像，与棺上之横卧象征昼夜之刻，以及其国藏之《圣母与圣婴》，皆精卓之品。

米开朗琪罗虽负全能之天才（雕刻家、画家、建筑家、诗家），但自承为雕刻家，其作画之题名，恒自署曰雕刻家米开朗琪罗，但其画品，实卓越坚强，不可一世。如梵蒂冈西斯廷教堂之屋顶，全部壁画，可谓绘画上之大奇。盖将此大及一亩之面积，划为九大图，摹写圣经所叙最重大故事，旁写众人物。即吾人欲仰首详加观览，已是不易，况其工作于此六年。倘非天生成之魄力，谁能为此，且复为之至于如此高妙之境界乎。

米开朗琪罗之画，全以人体为应用工具，发挥至于极致：如《天主之造日》《天主之造人》《亚当夏娃之取食禁果》与《被逐出天堂》等幅，皆简约高妙。所写天主皆具全能，而怀无上威力之神情，色彩清丽而高古，不同凡响。即此西斯廷全部屋顶壁画，已足使米开朗琪罗成为艺术史上巨人，况数年后又写《最后的审判》。此作品可谓世界最大壁画之一，大约高五丈，宽三丈余（最大壁画为丁托列托在威尼斯公宫大殿上所写之《天堂》，幅宽约十丈）。且又有雕刻之本行在，而且如此多量成功乎！其为三巨人，无可疑者。

米写西斯廷壁画后，闻变成仰视之习惯，看物皆须举起，其被命写西斯廷正座《最后的审判》，已六十余岁。此画盖将人体可能有之动作皆用尽。其写基督，亦如壮健之武士。其地狱部门有如巨人之搏斗，极雄壮之观。此作为世界最大之画，占西斯廷堂之正座全面墙壁，大约有八丈高，六丈多宽。信乎！不可思议之巨制也。

米开朗琪罗写可悬挂之油画尚有两幅：一为圆幅《圣母与耶稣圣婴》，藏佛罗伦萨；一为《耶稣下葬》，未完成，藏英伦国家画院。

米开朗琪罗享年八十九，其天才与精力俱是超人，适逢文艺复兴时会，得尽量发挥其才能，所作又几乎全部保存至于后世，诚可谓天之骄子。其画全以突出人之肌肉，表现人生之奋斗、希望、艰苦、光明等，抽象意识坚强而明朗，诚为造型艺术之代表人。惟学之者，多犷悍不通人情，无其内蕴热烈之情操，纵袭其强大之面貌，未有不失败者。以伟大之思想家而论，中国有孔子，印度有释迦；以功业而论，希腊有亚力山大，中国有汉武帝；惟米开朗琪罗乃文化史上独一无二之人物。在前有菲狄亚斯，惜作品不可得见，而后实无来者也。

与《时报》记者谈艺术

治艺者不明技术（Technique），虽目摹手追，犹难以为功。技术（Technique）者，经也，治艺之常道也。此经之定，乃历世大艺人本其天赋之智，深赜之学，成其结构，赠与后人，即所谓美术上古典派也。后人综合造化万象，亦潜心古典（Classique）何者？欲知古人对于造物取舍综合之道也。盖吾人穷一生之力，御造物之博之繁，理之纂之，必有不济，故宜假道于先哲，循其定程以节吾径，而吾更以余力增益其不足；即无所增益，吾取精用宏，坚韧壮实，体格健全。其发也，恒气度雍容，不患窘促，是古典派乃为吾研艺节程之资，若抟药成丸，聚香为精，便我取养。夫世既有此节程之道，偏欲迂回远绕，而仍趋欲抵之巅，宁非天下大愚？今之作者，辄好言改弦更张。夫改弦更张，宜先熟审其琴，知所谓更张者，不妄动否，是治艺之必需研究先哲作品，可无疑也。但文艺之兴，皆有其境遇，即艺人之玄想，亦不能离其境遇所受之基。故吾今日对于国人之治艺，尤主张研究中国艺术上古典主义，亦熟习其径，而冀更节吾径而已。如宋人之设色（Coloration），辉煌而娴雅，其他且不遑殚述。今之入校治艺者，三年即为人师，其艺之不足，自不待言。吾尤恐其于艺之常道且不解也。其褒贬古今之无当，指迷之乏术，解释之失真，更无论矣。图其易也，其弊竟至于此。古有大家而不能师人者，乃其精力独诣，不事博综，良师在熟谙技术（Technique）而已。日本洋画师多不学，吾国艺人适问道于盲，致美术Classique圣地，毒焰披靡，妖氛缭绕，驯至写人体不解所谓调色Ton，色之组合不务精密Delicatesse，降而及于工艺服饰，则无所谓Gout。呜呼，此岂所以为艺耶！（吾国宋人用博色，善能得色泽之和，元人之渲染，尤能体会物象之微，乃所以为粹也。今弃其粹，又不解人之粹，甚矣其懵也。）派之云者，真相一面之专工也。意大利处南方，光力烈，举目所触，悉清晰明显，其画因重线划，画中人动作，多曼妙有致，略同雕刻之形。荷兰则不然，其地滨北，天色晦，其画乃工明暗之道。法之籍里柯，嫉当日大卫一党画风，舍宗教皇室神话，便无命题，成馆阁体，乃以其伟作《覆舟》示世人，而创近情派（或浪漫派）。德拉克洛瓦继之，其作如《但丁和维基尔在地狱》《希阿岛的残杀》等，俱不世出之杰构也。厥后库尔贝、米勒又以为无物不足入画，徒问能善写否耳，乃倡写实主义。勒班习又觉前此画人所作不重景色，乃建外光派、印象派。觉美在气韵，谓精摹曲写，每得其形而失其神，乃欲与人见物时最初之一印象，而补历来各派之不足。是说兴，于是贤者过之，不肖者乃无勇为精到坚强之工，于是事日益衰。夫各派既专工一面之真相，则所遗必多；其兴也，承人之乏，迨建元既久，人文频发其乏，而变起，新派出，殆如商周之政，或承以文，或承以敬，要皆理也。今吾国人不察派之所自起，惟以一二人之私爱殊嗜，大唱印象派，其不知学亦太甚矣。驯至人尚未知摹，便欲敷色，其色之如其处否，不问也，护其短其陋，托派曰印象。夫印象派且不满足专攻于物体之形，必也与之以魂。所谓气韵者，方称美妙，其严格如此。故格连尔、倍难尔、马尔当、塞冈弟尼所以伟大也，岂徒乘马奈、塞尚之敝而称能也哉！是李卜曼、科林德之陷溺，倚老卖老，欺世盗名，不知羞耻，而东人士尤而效之。夫既自丧其天以效人，必又以效伯夷者为奴性，效盗跖者为豪放，海上有逐臭之夫，诚可叹也！

艺之至者，恒不足于当前现象。故艺分二大派，曰写意，曰写实。世界固无绝对写实之艺人，而写意者亦不能表其寄托于人所未见之景物上，故写实之至人如罗丹，其所造人如有魂。善写意者如夏凡，其一切形态俱含神理。且艺人之至者，自不立派，故能上天下地，成其伟大，后人始以何派归之耳。Phidias，不知其为何派也，Michel-Ange, Vinci, Titian, Raphael，不知其为何派也，Rembrandt，荷兰人，Velazquez，西班牙人，不能以写实派括之也。彼惟以写实为方法，其智能日启。艺日新，愿日宏，志日大，沛然浩然，倾其寥廓之胸襟，立峻极之至德，其象其色，高贵华妙，乃为人意想中之美。其近于物者，谓之写实，入于情者，谓之写意。惟艺之至者方能写意，未易言也。

治艺之大德莫如诚，其大敌莫若巧。欲大成者，必先去其巧，因巧于小事最见功，而能阻人之志，长人之骄，坠人之毅，故穆落脱史皇（英大动物画师及雕刻师）、左恩、特鲁勃斯可依，幸生欧洲精深典丽Classique之邦，克致其巧于深造，托生他邦，殆难言。抑吾犹惜彼等之巧太甚，累其大业也。吾国最手巧之艺人，推任伯年，任之成也，功在其双勾，故体物象至精，用笔虽极纵横驰骋之致，而不失矩矱。他人之巧，惟解笔飞墨舞，乱涂而不中绳，亦复何奇！艺人之敏者，亦必手写一物至千遍方熟，中人必二千遍，困而知之者必五千遍，庶得收庖丁解牛之功，见乎作品，方能游行自在，未纯熟而精慎者，曰能品，不足跻乎神妙也。不慎而奇者，曰野，足布其惰者也。故达仰先生、美薄奈先生曰：是人至年九十尚不懈其力，信乎有守者矣。若埃倍尔年七十，用色益隐艳有进功，但于摹则弛，得失不相偿也。今国之少年艺人，才学执笔，便欲拟伯年、左恩，其不自量，实至可叹。长此衰颓，不惟雄古茂密浑博精深之作今日不见，便隔一千年，亦必不得见也。噫！人之属望于吾华人者，将何以报之？

故欲振艺，莫若惩巧；惩巧，必赖积学。不然，巧徒遇浅学之师，不旋踵逾之矣。将恣横不可制。是国家博物院之设，名作之罗致，诚不容缓也。盖人之大者，恒不满于并世侪伍，又无古人为之友，是绝人也。故欧洲近世艺事之昌，在广开博物院，有经常之则，有问道之师，有攻错之友，于是艺人得深培厚植，本固枝强，而结果弥硕。善夫！孟子之言曰：五谷者，种之美者也，苟为不熟，不如稊稗。信矣夫！

关于范人（Model），法音曰莫代尔，殖民地人曰模特儿，实模范楷则之意（即谨慎威仪、唯民之则，及不僭不贼、鲜不为则之则字意）。故吾对写吾父，吾父即吾之范人；对写吾母，吾母即吾范人。吾前日曾郑重举希腊艺术之所以昌，中古时代艺术之所以衰，以告国人，皆揭橥确写人体之义以证实之。今更申言之，使有吾仇，立范人以教人治艺，吾亦赞誉之。何者？以其知务本也。顾闻人言神圣之模特儿，乃大不利于众口，吾在欧先后所佣男女范人，数殆五十余，忆在德时所见不下千人，在法所见不下两千人，但仅为吾所见五分之一而已。人之恒愿，莫愿于不朽。范人之能，不至不朽，惟以所秉一枝半节之美姿，供艺人摹写，入其幅员，遂足千秋。如Maryx自至美，苟不借Delaroche之笔，何以驻其容颜？此盈千累万欧洲范人之多也。其业正当，从未有人薄之者。范人且自夸日出入于声名盖世者之门，因文豪与乐师，多与画师雕师接近，过从每极密。范人借其业，得识社会上无数大文豪、大乐师，皆恒人欲接一谈以为快为荣者也。故范人性多豪放简率，有中国名士风，富于情感，一如艺人，往往一批评家欲作一名人传，从其口中索逸事，资掌故，作谈噱，绝不闻诲淫。吾愿论淫。

凡人淫念之起，莫剧于见女人之"也"，无他，以其隐之深，所以独占无上神秘。降而见女人之酥胸动念，见腿见足亦动念。见不动念者，惟手，何者？以其见惯也。夫见惯则淫念遏，是范人即不为艺之用，且为功矣，矧其为治艺必不可少之物哉！少见多怪，良可哂已。可恨者，投机之人往往假神圣品物炫奇作怪以牟利，但论者必明辨是非，攻其恶者以全其良者。今也神圣之模特儿Model，乃为黄帝子孙口中丑语，几可用以骂人，不亦慎乎？

（据万叶《美术家徐悲鸿之谈话》一文）

《悲鸿描集》自序

　　余自脱襁褓，濡染先府君至诣，笃嗜艺术。怅天未肯付以才，所受所遭又惟坎坷、落拓、颠沛、流离、穷困，幸尽日孳孳，二十年得佑启吾思，目稍明，手稍驯，期有所就而已。所谓困而知之者，吾其又次也。夫天下有达德三：曰智、曰仁、曰勇。吾未能也。吾特尽其责吾己身者，曰好学力行，知耻而冀其近焉耳。抑好学力行，几近于智，于仁者已难言，吾惟乃其最易者，曰知耻焉耳。吁其微矣。吾学之有惟以困，则吾苟冀有寸进者，必以困无疑。吾平生宏愿奢望惟进步，则吾困之来，且无量。字有inhérent，是困于我，习虽久，犹未省，终宠好之。其命也夫！其命也夫！顾吾惟知耻，恒得乐境与困恒相消。盖吾学不外有而求诸己，每能窥见己物之真际。造物于我，殆无遁形，无隐象，无不辨之色。艺海中之缥缈高峰，宛然在望，纵不即至，吾惟裹糇聚粮计行程而已。天未赋吾以才，用令吾辟荆棘，陟崎岖，盘旋于穷崖幽谷中，曲折萦回，始入大道。登高者不止一途，其有直上之大道否？殆有之。有不及巅之广途否？亦有之，且多。惟吾所历既曲折、幽深、奇兴、回思、兴趣乃洋溢无穷。吾受于父者，曰攻苦；受于师达仰先生者，曰敏求、曰识量；近又受倍难尔先生一言曰敢、曰力行。然则吾其不惑矣。凡人性善，皆不为恶，目明俱能见美，吾以吾道悦乐之，道一端耳。吁其微也，抑其广大寥廓者何物耶？吾钝且不思，其漠漠无涯，大宇之造物耶？吾仅趣视博择，撷其如纤尘之一象而已。吁其微耶！

丙寅春仲，悲鸿

《悲鸿画集》自序

夫窗明几净，伸纸吮毫，美景良辰，静对赋色，非人生快意事耶？不佞弄柔翰二十年，既已积画成捆，盈千累万，独未尝有此乐也。吾之磅礴啸傲、悲愤幽怨、欢喜赞叹、讥刺谩骂，皆拨秽沉，辟书城，抽秃毫，磨碗底，借茶杯菜碟，调和群彩，资为画具。或据墙隅，就门侧，坐地板，鞠躬折腰，而观察之，得宣于绘于描也。当其兴之所至，精灵汇聚，神明莹澈，手挥目送，自以为仙。及竟，张之于壁，距离远视，意有所慊。于愿苟足者，则菜羹油汁或溅入幅，尘灰蛛丝或覆吾绘，又洗涤剔拭，惟恐不尽。嗟乎！倘世以艺为业者，宁有若朕之落拓耶？终身既无安居，而落魄已惯。于是，笔必择秃，纸多不整，新者摈除，秽垢弗计，贵人望而却步，美人顾而攒眉，意若不屑。暨于今日者，亦既有年。而嗜痂成癖者，忘情称誉；哀怜贫乏者，披资督工；同行嫉妒者，怒目唾弃；好奇容怪者，漫欲订交。恕道施之于己，爱自忘其形秽。集其愚得之虑，以飨世之不获已者。其当覆瓿，作燃料，裹乌贼鱼，包落花生，悉听其自然之用。吾特向云烟顷刻、热狂瞬息、白驹过隙、逝水回旋之际，作吾生之默志耳。夫将何道以溯颠倒迷离荒唐变幻之思耶。

己巳春仲，悲鸿自序

| 艺术教育 |

论画法

新七法

一、位置得宜，即不大不小，不高不下，不左不右，恰如其位。

二、比例正确，即毋令头大身小，臂长足短。

三、黑白分明，即明暗也。位置既定，则须觅得对象中最白最黑之点，以为标准，详为比量，自得其真。但取简约，以求大和，不尚琐碎，失之微细。

四、动态天然，此节在初学时宁过毋不及，如面上仰，宁求其过分之仰；回顾，必尽其回顾之态。

五、轻重和谐，此指已成幅之画而言。韵乃象之变态，气则指布置章法之得宜。若轻重不得宜，则上下不联贯，左右无照顾，轻重之作用，无非疏密黑白感应和谐而已。

六、性格毕现，或方或圆，或正或斜，内性需赖外象表现。所谓象，不外方、圆、三角、长方、椭圆等等，若方者不方，圆者不圆（为色亦然，如红者不红，白者不白），便为失其性，而艺于是乎死。

七、传神阿堵，画法至传神而止，再上则非法之范围。所谓传神者，言喜怒哀惧爱厌勇怯等等情之宣达也。作者苟其艺与意同尽，亦可谓克臻上乘。传神之道，首主精确。故观察苟不入微，罔克体人情意，是以知空泛之论、浮滑之调为毫无价值也。

马的画法

足爪、足蹄为最见动物画家功力的部分，例如，画蹄时仅用一线，却要表现朝向不同方向的众多体面，因此，须作细致、深入的专门研究，对于它的形在不同透视角度时的变化要能交代清楚，用线亦要讲究。

画马步骤

一、用灰墨摆出马身的基本体态，确定肩、胸、腹、臀的位置。笔尖到笔肚的墨色有浓淡之分，中、侧锋并用，潇洒灵活。

二、笔蘸浓墨，抓住明暗转折部，塑造肩和腹的体积，勾出紧张的肩部和肩、腿连接部的大块肌肉。用笔须结合重大骨骼、肌肉的走向，不可勾死。

三、用大块墨色画出鼻骨侧面和下颌骨，注意留出鼻骨正面和颧骨，不要着墨。用中锋勾出头的轮廓、鼻孔、鼻翼、上下嘴唇，用笔要劲健有力，突出结构，然后用浓墨点出耳朵的暗面。

四、以侧锋两三笔画出颈部主要肌肉，以粗重有力的一笔浓墨把头和胸部连接在一起。画颈时，注意不要把墨洇到肩的受光面上去。

五、以书法的用笔画四肢，乘湿时，用重墨勾勒主要骨骼、肌肉的起始与终止。注意以近浓远淡的墨色变化体现四肢的前后空间关系。腿的关节、后腿的跟腱、踝骨尤其要交代清楚。

六、蘸焦墨，把笔躺倒，散开，涂绘鬃毛和尾巴，先以错落有致的几大笔取势，再以淡墨画后面的毛。每笔方向要有变化，不要均匀、对称、雷同。最后勾蹄，并点睛。

习艺

艺术家凭天才，固也。但世尽多天才，未有不经一极长时间之考究与夫极丰润灌溉培养而成者。天才者，言此人之有特殊领悟力也。时间者，所以熟练其了解及想象也。培养者，乃际遇，所以节其时坚其成，有余境俾其自化也。简言之，即表其特性，优且裕，而自创作之也。

人类造作中艺人所分配之任务，乃留遗人情感中一种现象，使之凝固，使之永停。例如声，有悲欢喜怒，音乐乃节奏之成调，逮调出，人即直觉其喜怒哀乐。画，表色者也；色之感，有壮、快、沉。其境不得时遇，画则显之。次如雕之状形，舞之寄态，建筑之崇式，诗之抒情，文之记事，皆莫非造一种凝固之现象而已。

天才不世出，人之欲成艺术家者，则有数种条件：（一）须具极精锐之眼光与灵妙之手腕，（二）有条理之思想，（三）有不寻常之性情与勤勉。目光手腕，乃习练而产生之物，在确视确写，精察繁密之色，而考究其复杂之状。习之久，则自然界任何物象，一经研求，心目中自得其象，手自能传其形，夫然后言创造，表其前此长时期中研察自然所独得者。于是此创造，乃成人类造作。然思想无条理，何能整顿自然。性情不异，则无所遇。非勤，则最初即不能得艺，终懈，则无所贡献于世也。

欧人之专门习艺者，初摹略简之石膏人头，及静物器具花果等，次摹古雕刻，既准稿，则摹人（余有摹人专篇当续寄登）。盖人体曲直线极微，隐显尤细，色至复，而形有则。习艺者于此致其目光之所及者，聚其腕力之足追随者，毕展发之。并研究美术解剖，以详悉人体外貌之如何组织成者。摹人自为主，摹人外更须写风景及建筑物。复治远景法，以究远近之准何定理。又治美术史，借证其恒时博物院中观览之古人杰作之时代方法变迁。治美学，以究人类目嗜之殊。治古物学，所以考证历史者。故艺人既知美术于社会、于人类、于历史、于幸福，种种之关系，其造作之品，有裨群体可知也。

古今中外艺术论
——在大同大学讲演辞

学问云者，研究一切造物之通称。有三人肩其任：述造物之性情者，曰文学；究造物之体质者，曰科学；传造物之形态者，曰美术。

夫人生存之最主需要，曰衣，曰食（或竟曰食，因赤道下人不需衣）。吾则以为衣食乃免死之具，而非所以为生也。人生而具情感，称万物之灵，故目悦美色，耳耽曼声，鼻好香气，口甘佳味。溯美术之自来，非必专为丰足生活之用（满足生活或为饰艺起源），盖基于一时热情（热情或为纯粹美术起源），欲停此流动之美象。是故吾古先感觉敏锐之祖，浩歌曼舞，刻木涂墁，留其逸兴；后之绍之者，理其法，以其同样感觉，继刊木石，敷文采，理日密，法日广，调日逸，于是遂有美术。理法至备，作者能以余绪节之益之，成其体，即所谓"派"（Style），技更进矣。是知美术之自来，乃感觉敏锐者寄其境遇；派之自来，则以其摹写制作所传境遇之殊。故文化等量齐观之各族，相影响，相融洽，相得益彰，而不相磨灭。是境遇之存也，劣者与优者遇，弃其窳粗，初似灭亡，但苟进步，亦能步人理法，产新境界，终非消亡也。

吾昔已历举欧洲美术之起源，如埃及、巴比伦、希腊，以其气候之殊，而有"裸nu"，中国所以不然之故，诸君当已察及。吾今更举各国境遇之异，派别之殊，如意大利美术伟大壮丽，半由其政治影响，希腊美术影响，亦赖气候之融，浮里Venezia天色明朗，画重色彩，荷兰沉晦，画精明暗之道，尤长表现阴影部分，皆其最显著者也。至吾中国美术，于世有何位置，及其独到之点，与其价值，恐诸君亟欲知之者也。请言中国派：

中国美术在世界贡献一物。一物惟何？即画中花鸟是也。中国凭其天赋物产之丰繁，其禽有孔雀、鹦鹉、鸳鸯、鹡鸰、鸱鸮、翠鸟、鸿鹄、鸥鹭、苍鹰、鹏雕、鹡鸰、画眉、斑鸠、鸦鹊、莺燕、鹭鸶，及其鸡、鸭、鸽、雀之属；花则兰、蕙、梅、桂、荷、李、牡丹、芍药、芙蓉、锦葵、苜蓿、绣球、秋葵、菊花千种，皆他国所希，其他若玫瑰、金银、牵牛、杜鹃、海棠、玉簪、紫藤、石榴、凤仙之类，不可胜计。

花落继以硕果，益滋画材，故如荔枝、龙眼、枇杷、杨梅、橘柚、葡萄、莲子、木瓜、佛手，益以瓜类及菜蔬，富于欧洲百倍。又有昆虫，如蟋蟀、螳螂、蜻蜓、蝴蝶等，兽与鱼属不遑枚举。热带人民逼于暑威强光，智能不启，而欧洲虽在温带，生物不博。惟吾优秀华族，据此沃壤，习览造物贡呈之致色密彩，奇姿妙态，手挥目送，罔有涯涘。用产东方独有之天才，如徐熙、黄筌、易元吉、黄居寀、徽宗、钱舜举、邹一桂、陈老莲、恽南田、蒋南沙、沈南苹、任阜长、潘岚、任伯年辈，汪洋浩瀚，神与天游，变化万端，莫穷其际，能令莺鸣顷刻，鹤舞咄嗟，荷风送香，竹露滴响，寄妙思，宣绮绪，表芳情，逗逸致，搬奇弄艳，尽丽极妍，美哉洋洋乎！使天诱其衷，黄帝降福，使吾神州五千年泱泱文明大邦，有一壮丽盛大之博物院，纳此华妙，讵不成世界之大观？尽彼有菲狄亚斯（Phidias）塑上帝，米开朗琪罗（Michelangelo）凿《摩西》，拉斐尔（Raphael）写《圣母》，委拉斯开兹（Velazquez）绘《火神》，伦勃郎（Rembrandt）《夜巡》，鲁本斯（Rubens）《下架》，德拉克洛瓦（Delacroix）《希阿岛的残杀》，倍难尔《科学发真理于大地》，吾东方震旦有物当之，无愧色也。一若吾举孔子、庄周、左丘明、屈原、史迁、李白、杜甫、王实甫、施耐庵、曹雪芹等之于文，不惊羡荷马（Homer）、费基尔、澹斗（Daute）、莫里哀、莎士比亚（Shakespeare）、歌德（Goethe）、雨果（Hugo）也。吾侪岂不当闻风兴起，清其积障，返其玄元？

吾工艺美术中之锦，奇文异彩，不可思议。吾游里昂织工Tissus博物院，院聚埃及八千年以来织品，又观去年巴黎饰艺博览会，会合大地数十国精英，未见有逾乎此美妙也，而今亡矣。问古人何以致之？因吾艺人平日会心花鸟之博彩异章，克有此妙制也。日本百年以来，受吾国大师沈南苹之教诲，艺事蔚然大振，画人辈起，其工艺美术，尽欲凌驾欧人而上之，果何凭倚乎？是花鸟为之资也。青出于蓝，今则蓝黯然无色已。欧洲产物不丰，艺人限于思，故恒以人之妙态令仪制图作饰，其所传人体之美，乃为吾东人所不及。亦惟因其人体格之美逾于我，例如其色浅淡，含紫含绿，色罗万彩；其象之美，因彼种长肌肉，不若黄人多长脂肪，此莫可如何事。故彼长于写人，而短于写花鸟；吾人长于花鸟，而短于写人，可证美术必不能离其境遇也。

中国艺术，以人物论，（远且不言）如阎立本、吴道子、王齐翰、赵孟𫖯、仇十洲、陈老莲、费晓楼、任伯年、吴友如等，均第一流（李龙眠、唐寅均非人物高手），但不足与人竞。山水若王宰，若荆关，吾未之见，王维格不全，吾所见最古为董巨，信美矣。若马远、刘松年、范宽及梅道人，亦有至诣。至于大、小李将军，大、小米，及元其他三家，皆体貌太甚，其源不尽出于画，非属大地人民公共玩赏之品，虽美妙，只足悦吾东人。近代惟石谷能以画入自然，有时见及造化真际，其余则摹之又摹，非谓其奴隶，要因才智平庸，不能卓然自立，纵不模仿，亦乏何等成就也。

是故吾国最高美术属于画，画中最美之品为花鸟，山水次之，人物最卑。今日者，举国无能写人物之人，山水无出四王上者，写鸟者学自日本，花果则洪君野差与其奇，以高下数量计，逊日本五六十倍，逊于法一二百倍，逊于英德殆百倍，逊于比、意、西、瑞、荷、美、丹麦等国亦在三四十倍。

以吾思之，足与吾抗衡者，其惟墨西哥、智利等国。莫轻视巴尔干半岛及古巴，尚有不可一世之画家在（巴尔干半岛之大画家名Mestrovik）。吾古人最重美术教育，如乐是也，孔子而后亡之矣。两汉而还，文人皆善书，书源出于描，美术也。其巨人，如张芝、皇象、蔡邕、钟繇、卫夫人、羲之、献之、羊欣、庚征西等，人太多不具论。于绘事，吾国从古文人多重之，如谢灵运、老杜、东坡，或自能挥写，或精通画理，流风余韵，今日不替。如居京师者，家家罗致书画、金石碑版、古董、玩具、饰物些许，以示不俗。惟留学生为上帝赋予中国之救世者，不可讲文艺，其流风余韵，亦既广被远播，致使今日少年学子，脑海中无"艺"之一字。艺事固不足以御英国，攻日本，但艺事于华人，总较华人造枪炮、组公司、抚民使外等学识，更有根底，其弊亦不足遂令国亡。今国人已不知顾恺之、张僧繇、陆探微等为何人，在外者亦罔识多奈惟罗、勃拉孟脱、伦勃郎、里贝拉等为何人。顾声声侈谈古今中外文化，直是梦呓。如是尚号有教育之国家，奈何不致中国艺人艺术之颓败，或骛巧，或从俗，或偷尚欲炫奇，且多方以文其丑，或迎合社会心理，甘居恶薄。近又有投机事业之外国理想派等出现，咄咄怪事。要之艺事之昌明，必赖有激赏之民众，君等若摈弃鄙薄艺术，不闻不问，艺人狂肆，必益无忌惮，是艺术固善性变恶性矣。

吾个人对于中国目前艺术之颓败，觉非力倡写实主义不为功。吾中国他日新派之成立，必赖吾国固有之古典主义，如画则尚意境、精勾勒等技。仍凭吾国天赋物产之博，益扩大其领土，自有天才奋起，现其妙象。浅陋之夫，侈谈创造，不知所学不深，所见不博，乌知创造？他人数十百年已经辩论解决之物，愚者一得，犹欣然自举，以为创造，真恬不知耻者也。夫学至精，自生妙境，其来也，大力所不能遏止，其未及也，威权所不能促进，焉有以创造号召人者，其陋诚不可及也。

近日东风西渐，欧人殊尊重东方艺术，大画家有李季福（Lijefort）者，瑞典人，稷陀（Zittau）者，德人，皆极精写鸟，尤以李为极诣，盖李曾研究中国、日本画也。

里昂为法国第二大城，欧洲货样赛会，规模之大，无过里昂。论西方各国之染织业，里昂绸布可称首屈一指。上述织工历史博物馆Musee Historique des Tissus现设商务宫之第二层楼，集全世界菁华，他地不易得也。我中国人无此大魄力，难乎其为世界一等绸业国矣。

（据万叶《美术家徐悲鸿上下古今之论》一文）

中国艺术的没落与复兴

中国艺术没落的原因，是因为偏重文人画。王维的诗中有画、画中有诗那样高超的作品，一定是人人醉心的，毫无问题。不过他的末流，成了画树不知何树，画山不辨远近，画石不堪磨刀，画水不成饮料，特别是画人不但不能表情，并且有衣无骨，架头大，身子小。不过画成，必有诗为证，直录之于画幅重要地位，而诗又多是坏诗，或仅古人诗句，完全未体会诗中情景。此在科举时代，达官贵人偶然消遣当作玩意。至于谈到艺术，为文化部门——绘画尤为文化重要项目——以它去发挥人的智慧、品性，和诗词、小说、音乐、戏剧，同其功用，那么，这一类没落的中国画，是担当不了这个使命的。

王维、吴道子的高风，不可得见，其次者如马远之松、夏圭之杉，亦难得见，在今日文人画上能见到的不是言之有物，而是言之无物和废话。今日文人画，多是八股山水，毫无生气，原非江南平远地带人，强为江南平远之景，惟摹仿芥子园一派滥调，放置奇丽之真美于不顾。我得声明，我并非唯物论者，不过曾经看到如此浮泛空虚、毫无内容之画，如林琴南，原是生长在高山峻岭、长江大河、巨榕蔽天、白鹭遍地之福州，偏学我江苏不甚成材之王石谷，其无志气，既可想见，其余更无论矣。

海派造型美术、绘画雕塑，遭到逆流，这完全是画商作怪，毫无疑义。本来艺术为人类公共语言，今乃变成了驴鸣狗叫都不如，驴鸣多为求偶，狗叫尚为警人，都有几分为了解的表情也。天下只有懂得人越多越发伟大的作品，如希腊雕刻、文艺复兴时代重要作品、吾国唐宋绘画，其妙处万古常新。敢武断说一句：没有人懂得就不是好东西，比如食物哪有不堪入口而以为美味的呢？无非是狗屎一类的东西。并且，以我的经验，凡是不成材的作家，方去附和新派，中外一样，可想见其低能，以求掩饰之苦心了。

这类新派名目繁多，在意大利为未来派，在德国为表现派，名虽不同，其臭则一。搞到如此，有光荣历史之法国，目下已找不到几位真能写画的人，岂非悲运。不知各类艺术，多有其自然之限制，勉强不得。如雕塑之不能做成飞的形态，除非浮雕。未来派画猫八只脚，说是动的情形，如此是想要以画与电影竞赛，何能济事？只求味好，不必苛求，香气能香固好，但香而味不好，于口毫无益处。如诗的境界，音乐的境界，能有，固然于画有益，若专求诗境乐境，而无画境，这手和眼睛便为无用。试问音乐不为听，味不中口，图画雕刻不为看，这还不是白费精神，暴殄天物？所以，我批评这一类艺术家，总之为以机器遗造石斧。原始人时代用手制成之石斧，自然可当文化之胎，现在用二十世纪完备之机器去制造石斧，抑何可笑？京调只思媚俗，相习成风，不图进取。须知要晓得我们的敌人日本，既解除武装，只有覃精文治，他们以后全国人都是中学毕业，知识水准提高，又能集中精力于艺事，他们又有普遍的爱好，丰富的参考标本，不像我们只藏得有几张四王、恽、吴山水。在世界文化界角逐起来，我们要不要警惕！我们在一切上都应当放大眼光，尤其在艺术上不放大眼光，那真不行。讲到这里，我又要批评只用作风区别南北两宗派之无当。用重色金碧写具有建筑物的山水，以大李将军为师，号北宗；用水墨一色，以王维为祖的号南宗。何不范宽华山的为华山派，倪云林江南平远的为江南派为得当。因如此，便能体会造物面目，如法国十九世纪能成为技尔皮茸派是也，专写湖沼、水光、大树、森林，缀以农夫耕牛，而无高山峻岭之雅。

假使能如此分派，则这卢雁岩、黄山、太华、九嶷、罗浮、武夷、天台、青城、峨眉、鼎湖、赤城，将有真面目，并且约略看见些各地的鸟兽、草木，助长些遐想的。对不起，吾又要加入一支插曲：民国二十六年抗战初期，我在重庆，四川省教育厅请我主考四川省中学图画教员，要我出题目，我便出两个如下之题目，"至少两个四川人，在黄角树下有所事，黄角树不画树叶。"弄得试生束手无策，原定两点钟内完卷，半小时过，尚无消息。开始议论，抱怨的说这个不像题目：难道四川人与别地有啥子两样，况且不画树叶怎么会表示出什么树？为我听见，我便答道：正因为你们都是这样想法，所以我要考你们，对于事物的观察如何。你们即考上，亦不过一个中学教员，我当然不责备你们交出什么杰作，不过治艺术，惟一要点是观察能力。

比方黄角树，画的身干盘根枝节，何必用叶子来表示？中国画家画树，除松树树身上圈几个圈外，千篇一律。画杨柳敷赭色，画点圈便叫柏树，对树木树干树枝完全不理，这算作画么？至于人相，如果用人相来区别，当然较难。比如说，广东人眉目距离更近，湖南人下颔内削而小，常多露齿。北方人殊黑，较南方人为自然。画出区别不容易，不过要人一望而知为四川人，那最容易不过了。头上缠块白布，穿上长衫光了脚，不即是四川人么？所谓有所事，即摆龙门阵也好，赌钱也好，耕地也好，撑船也好，极度自由，有什么难呢？他们释然大悟，但总觉得题目有些别扭，因为完全出于他们想象以外。交卷后，细阅之，当然没有佳卷，因为他们所学，是另外一套，全离开事物，而全不用观察也。

我所谓中国艺术之复兴，乃完全回到自然，师法造化，采取世界共同法则，以人为主题，要以人的活动为艺术中心，舍弃中国文人画独尊山水的荒谬思想。山水非不可学，但要学会人物花鸟动物以后，如我国古人王维，样样精通，然后来写山水。并不是样样学会，方学画山水，因为山水是综合艺术，包括一切，如有一样不精，便会露马脚。哪有样样不会，只学一些皴法，架几丛枯柴，横竖两笔流水，即算是山水的办法。考其内容，空无一物。王维、李思训固无物证，但展开李成、范宽的杰作，与近代人物画相较，真如神龙之于蝼蚁，相去何啻霄壤。人家武器已用原子弹，我们还耽玩一把铜剑，岂非奇谈？

音乐有所谓庙堂音乐、房间音乐，如吾国之七弦琴，非不高雅，但只可在房间内燃起一炷香，品一杯清茗，二三人相与欣赏。若在稠人广众之中，容积五六十人的场面，便完全失去它的作用。倘在几千人集合的大厦，一定需要巴哈、贝多芬、范拿内的大交响曲，方压得住。中国画习见之古木竹石，非不清雅，但只可供一间小客厅内陈设，若置于周围二三十丈的大展览会，纵是佳作，亦必不为人注意。比之四川泡菜，极为爽口，但不能当做大菜做享宴之用。绘画雕刊，在全盛时代专用作大建筑物上的装饰，供大家瞻仰，后世乃有消遣品出现。惟世界动荡祸乱频仍，大作品随着事变损失，小作品携带容易，反能流传后世。故上古艺圣菲狄亚斯的作品，今无所遗，反靠那些出土的诡俑，考见其遗风余韵的影响。吾国唐代画圣吴道子那些在庙宇中的辉煌的大壁画，千百年后，全数毁灭，幸而在敦煌洞窟中尚保存得许多五、六、七、八世纪的佛教壁画。此类作品皆出于无名英雄之手，尚精妙如此，再去想象当年吴道子所作，应当高妙奇美至如何程度！他的画圣尊号，一定不是如王石谷那样凡庸侥幸得来的，我们要拿他做标准。

　　所以，我们如果希望中国艺术要达到它如唐代的昌盛，第一需要有一群具大智慧而有志之士，如曹霸、王维、吴道子、阎立本一类的人物，肯以全力完成他们的学术，再给他们一些发展抱负的机会，使得他们能够完成他们的作品。其间有一重要条件，即建筑家必须是有艺术修养的学者，而不仅仅是一位土木工程的设计家，根本在墙壁上是不注意的。第二是以后的政治家，必须稍具审美观念，承认艺术是发挥人类思想及智慧的工具，不加漠视，使每个时代的代表艺术工作者，留下一些每个时代的记号，供后人欣赏也好，参考也好，取材也好，嘲笑也好。

　　我并在此郑重指明，要希望艺术昌明，单靠办学校是不够的，惟办学校而又不取光明的途径，便堵死了艺术的生长。因为如不办学校，听其自生自灭，它倒可以自由采取它适合的形式，或者它自能得着光明的途径；如办学校，而仍走黑暗的道路，则强定一型，以束缚一切，必将使可造之才，斫丧而成废料，其祸比较无学校为尤大。学校的功用，仅仅使一般愿投身艺术工作者得充分启发其才智，如种五谷，使其能充分成熟而已。

　　除开办设立教学完善之学校以外，真能帮助艺术进步的，莫过于美术馆了。任何文明国都市，都有美术馆的设立，所以陈列古今美术品，亦用以鼓励新进作家。各国用以考验人民文化程度，此亦为其一端。惜乎我国人已知图书馆的重要，独未尝感觉美术馆的重要。图书馆之灌输知识，美术馆之陶养性情，功用是相等的，而美术馆为劳动者之恢复疲劳、儿童之启发智慧，以及慰藉休息时间稀少者，其功用之发挥，较图书馆为尤大。美术馆尤其是艺术天才的归宿地，因为假定吾国真有个吴道子、王维再世，或者米开朗琪罗、伦勃朗等转世在中国，他们当真出产了许多惊人作品，而无地方容纳他们的作品，也是枉然。比如现在中国齐白石、张大千、溥心畬、溥雪斋等诸先生作品，除私家收藏外，不能见于公共场所，岂非憾事？问人家喜欢么，我可以答至少一半的群众是喜欢的，否则不成其为文化城之市民。然则何不急急办一美术馆呢？公家的美术馆办得像样，私家的宝贵收藏，自然就会向那里捐出，看郭世五先生向故宫博物院所捐收藏历代名瓷，以及傅沅叔先生将他校勘的藏书凡四千部捐入北平图书馆，是其明证。

一般社会之审美观念提高，可以增进对人类美术品的爱好，于是有天才出，便不愁没有发挥才能的机会。人才多了，有意义的作品多了，并藏在公共地方为大家欣赏，并晓得欣赏，那便是文艺复兴了。这件重大的文艺复兴工作，吾人在迎接它的来临以前，有一起码条件，就是要先有清洁干净的穷人。因为清洁的习惯都没有的人，不能希望他爱美术的。正因为美术是人类精神上之奢侈，美术的敌人有二，就是穷与忙；而它真正的死敌，乃是漠不关心。清洁都不注意的人，其他身外之物，当然更不注意了。

我希望此后从事艺术工作的人，第一要立大志，要成为世界上第一等人，作出世界上第一等作品。他的不朽的程度，与中国孔子、司马迁、陶渊明、李白、杜甫，外国的柏拉图、亚里士多德、但丁、莎士比亚、牛顿这一类人是等量齐观的。千万勿甘心于一种低能的摹仿一家，近似便怡然自足。若是如此，可算没出息，若真如此的话，吾人热烈期待之文艺复兴便无希望，恐怕我们已往的敌人，倒完成他们的文艺复兴了。这是多么需要警惕的事呀！耗费诸位宝贵的光阴，谢谢。

一九四七年

论中国画

吾于《中国画展序》中，述中国绘事演进略史，举唐代文人画派为中国美术之中兴。吾今更言此派之流弊及其断送中国美术之史。

夫一派之成功，均因所含之各因素成熟之混合。成熟之为用，亦不能保持，久则腐败，理之固然。吾中国唐代中兴绘画者，为阎立本、吴道子、李思训、王维、郑虔等人。而王维、郑虔，尤诗人之杰出者。观察之精，超轶群流；所写山水，极饶雅韵，遂大为士大夫所重（前于绘事，只推为工匠之能）。故后世特张此派，号为"文人画"。顾在当时，皆诗人而兼具工匠之长者也。画家固不必工诗，但以诗人之资，研精绘画，必感觉敏锐，韵趣隽永，而不陷于庸俗，可断言也。故宋人之善画者，亦皆一时俊彦，如范宽、李成、米芾等所作山水，高妙无伦。而米芾首创点派，写雨中景物，可谓世界第一位印象主义者，而米芾十二世纪人也（北京故宫博物院有一幅）！

中国最古之画，如汉书所载光武图功臣于麒麟阁，又毛延寿之谩写明妃故事，必如今日之壁画及水粉画。中国相传造纸始于蔡伦，二世纪人也。初造之纸必不能作画。

三、四、五世纪，佛教盛行中国。画家辈出，如曹弗兴、卫协、顾恺之、陆探微、张僧繇等人作品，俱属崇饰庙寺壁间之佛教画，皆壁画也。苟欲精于绘画，必须长时间之研究。中国传统习惯，首重士夫，学治国平天下之道。故上流社会，苟非子弟立志学画，决不令辍诗书。在昔时，教育无方，凡习画恒不读，惟谢赫、宗炳，乃画家而擅著述，殆文人画家之祖，然未能于绘画上有所更革也。此类画家，有如凡·爱克兄弟、孟林、费腾、曼特尼亚、贝里尼、卡巴乔之流，俱头等Tehniciens，精于技巧者，皆精极章法、色彩、素描等等者也。

至诗人王维，创水墨山水，破除常格。于是张璪一笔写两棵古树，大胆挥写。刘明府之山水幛，据大诗人杜甫所赞："元气淋漓幛犹湿，真宰上诉天应泣"者，必于历来绘画之方术大异。故唐画既大成于已有之方术，又创新格，且多第一流人物从事于此，所以有中兴之业也！

宋画之盛，实因帝王为之鼓奖。首设画院，罗致天下之善画者，且以之试士。向惟工匠所治之业，今则士大夫皆传习之。其有专精一类者，皆卓然成大家，而所作几为绝业。如徐熙、黄筌、黄居寀、易元吉等之花鸟，真美术上之大奇也，皆理想化之现实主义者也。宋之与唐，譬如接树，虽极递演亘多时，仍得佳果。以后遂如取果种子埋之于地，令其自长，则元后之衰也！

写实主义太张，久必觉其乏味。元人除赵孟頫、钱舜举两人外，著名画家，多写山水，主张气韵，不尚形似，入乎理想主义。但其大病，在撷取古人格式，略变面目，以成简幅，以自别于色彩浓艳之工匠画，开后人方便法门。故自元以后，中国绘画显分两途：一为士大夫之水墨山水，吾号之为业余画家（彼辈自命为"文人画"），一为工匠所写重色人物、花鸟。而两类皆事抄袭，画事于以中衰。

自宋避金寇南迁都于杭州，太湖流域遂成中国七百年来美术中心。元之大画家多出于江浙，明代亦然，若戴进、文徵明、沈周、周臣、唐寅、仇英、陆包山、吕纪。仅有两人例外，则林良开派于粤东（以后此派永有花鸟作家，至今日如陈树人），吴小仙起于湖北而已。而董其昌者，上海附近华亭人，以其大学士身份收藏丰富，为一极佳之临摹者，因其名望之隆，其影响及于一代。故"四王"演派之盛，得能稳定抄袭之工，人即视为画艺之工；其风被三百年，至今且然，实董其昌开之。李笠翁以此投机心理为《芥子园画谱》，因而二百年以来科举出身之文人称士大夫者，俱利用之号为风雅，实断送中国绘画者也！

中国近世美术以何时为始，实至难言，若以一人之作风而论，则大胆纵横特破常格者，为十六世纪山阴徐渭文长。彼为著名文豪诗人，其画流传不多，故被其风者颇寥寥。惟明亡之际，有两王室后裔为僧，曰八大，曰石涛，二人皆才气洋溢，不可一世。其作风独往独来，不守恒蹊，继徐文长而起，后人号之曰写意，实方术中最抽象者也！故吾欲举徐文长为近世画之祖。

八大、石涛，董其昌稍后辈而已，因隐遁之故，其作品不煊赫于世，但四王中之王廉州，既称"大江以南无过石师右者"，实则大江以北更无人也（王觉斯只可谓书家）！顾八大、石涛同时尚有一天才卓绝之陈老莲。

宋虽画学极昌盛，名家辈出，但无显著之Styliste（独创一派者）。且作家亦多工一类，无兼精各类者。陈老莲人物、花鸟、山水无所不工，而皆具其独有之体式，实近代画家惟一大师也（金冬心、黄瘿瓢亦佳）。

近代画之巨匠，固当推任伯年为第一，但通俗之画家必当推苏州之吴友如。彼专工构图摹写时事而又好插图，以历史故实小说等为题材，平生所写不下五六千幅，恐为世界最丰富之书籍装帧者。但因其非科举中人，复无著述，不为士大夫所重，竟无名于美术史，不若欧洲之古斯塔夫·多雷或阿道尔夫·门采尔之脍炙人口也！

中国艺术的贡献及其趋向

中国艺术对世界的贡献，我们自己倒似乎不大在意，而在欧洲各邦以及日本的学者却对之异常关切，深为赞美。其最简单的原因是中国艺术的发展早于欧洲一千多年；当中国艺术已经达到成熟圆满的时期，欧洲的艺术还是萌芽襁褓之际。但仅有悠久的历史也不一定有光辉的成就，又好在中国地大物博，天赋甚厚，西有嵯峨接天的雪山，东临浩渺无涯的沧海，有荒凉悲壮的大漠长河，有绮丽清幽的名湖深谷，更有许多奇花异草、珍禽怪兽——艺术家浸沉于这样的自然环境，故其所产生的作品，不限于人群自我，而以宇宙万物为题材，大气磅礴，和谐生动，成为十足的自然主义者，和欧洲文明的源泉古希腊的艺术，恰好是一个显明的对比：希腊艺术完全在表现人的活动，不及于"物"的情态。这种倾向的影响在西方既深且久，所以欧洲至今仍少花鸟画家，而多人像画家。

中国艺术在汉代已经达到很高的水准，且汉代艺术可算是中国本位的艺术，其作品正所谓大块文章，风格宏伟，作法简朴。最近在四川出土的汉代石刻画，其中有一幅是一个人以树枝戏猴，姿态极其自然生动，具有最大的艺术价值，确是一件杰作，可见当时的中国艺术已能充分发挥自然主义的精神。不过从后汉到唐代，约有六百余年，中国艺术受了印度的影响，尤其是佛像画，大多感染了印度的作风，已看不出汉画的精神。这时的题材也较偏重于理想的宗教画和人物的故事画，甚少对自然的兴感。直到大诗人王维出世，才建立了新的中国画派，作法以水墨为主，倡画中有诗，诗中有画，成为后世文人画的鼻祖，也完全摆脱了印度作风的束缚。

也许我们不免艳羡欧洲文艺复兴时期的光辉灿烂，可是他们直到十七世纪还极少头等的画家，也没有真正的山水画。而中国在第八世纪就产生了王维。王维的真迹现在已成为绝响，但他的继起者如范宽、荆浩、关仝、郭熙、米芾诸人，现在还留有遗迹，如故宫所藏范宽的一幅山水，所写山景，较之实在的山头不过缩小数十倍，倘没有如椽的大笔，雄伟的魄力，岂能作此伟大画幅！又如米芾的画，烟云幻变，点染自然，无须勾描轮廓，不啻法国近代印象主义的作品。而米芾生在十二世纪，即已有此创见，早于欧洲印象派的产生达几百年，也可以算得奇迹了。

中国自然主义的绘画，从质和量来看，都可以占世界的第一把交椅，这把交椅差不多一直维持到十九世纪，欧洲才产生了几位伟大的风景画家，能够把风雨晴晦，朝雾晚霞，表现得非常完美。过去中国所能做到的，他们已能用另一种面目来完成；而我们自己，倒反而贪恋着前人的成就，逐渐消失了对自然的兴感和清新独创精神！

可是中国的花鸟画，在世界艺术的园地里还是一株特别甜美的果树，也许因为中国得天独厚，有坚劲而纯洁的梅花、飘逸的兰草、幽秀的水仙，这些在世界上都要算奇花异卉，为他国所无而又确实能表现中国艺人的独特品性、中国民族的特殊精神。因此中国产生了许多伟大的花鸟画家，如宋徽宗、徐熙、黄筌、黄居寀、崔白、赵昌、滕昌祐等，作品均美丽无匹，直到现在全世界还没有他们的敌手。此外我国的漆器、丝织品、玉器、瓷器等，亦有极大的艺术价值；尤其是玉器，是世界艺术的一朵奇葩。

在建筑雕塑方面，我国深受印度的影响，如唐代的各种洞庙，完全是模仿印度的，其中有些佛像简直是从印度而来。现在印度的洞庙据统计还有一千多个，单是孟买附近七八世纪时的洞庙还有五十多个。所以在雕刻及专院建筑方面中国没有什么特殊的建树。可是在绘画方面，中国虽曾受印度的影响而没有失掉根本的精神，这种新影响正是以使其更加发扬光大。印度在中古时代，虽亦曾受中国的影响，但并没有繁殖开花。当中国的绘画已经成熟，达到崇高典雅的时期，印度的绘画仍停滞在孩提时代。

我国的绘画从汉代兴起，隋唐以后却渐渐衰落，这原因是自从王维成为文人画的偶像以后，许多山水画家都过分注重绘画的意境和神韵，而忘记了基本的造型。结果画中的景物成为不合理的东西，毫无新鲜感觉的东西，却用气韵来做护身符，以掩饰其缺点，理论更弄得玄而又玄，连画家自己也莫名其妙，如此焉得不日趋贫弱！

到了南宋时期，高宗在杭州建都，太湖附近成为中国绘画的核心垂七八百年之久。元初文人画发展到最高峰，但已丧失了庄严宏伟的气象。到董其昌时，由于他多才多艺，收藏又丰，成为当时文人画的中坚。但他每幅画都是仿前人，一笔一点，都是仿某某笔——其本意或系谦虚，一面表示师古不敢独创，一面表示不敢掠人之美。不过此风一开，大家都模仿古人，仿佛不模古就不是高贵的作品，独创性消失净尽。尤其是《芥子园画谱》，害人不浅，要画山水，谱上有山水，要画花鸟，谱上有花鸟，要仿某某笔，他有某某笔的样本，大家都可以依样画葫芦，谁也不要再用自己的观察能力，结果每况愈下，毫无生气了！

绘画的老师应当不是范本而是实物。画家应该画自己最爱好又最熟悉的东西，不能拿别人的眼睛来替代自己的眼睛。在四川，峨眉山极其雄伟，青城山极其幽秀，三峡极其奇肆，四川人应当能表现它们，何必去画江南平淡的山水；广西人应当画阳朔，云南人应当画滇池洱海；福建有三十多人不能环抱的大榕树，有闽江的清流，闽籍女子有头上插三把刀的特殊装束，都是好题材，而林琴南先生却画那些八股派的山水，岂不可惜！还有一位甘肃人画竹子找我看，我告诉他从甘肃走一千里还看不到竹，为什么要画和自己那样疏远的东西呢？一个人宁愿当豆腐店老板，不要当大银行的伙计，因为老板有主张有自由，才谈得上表现；伙计丝毫没有自由，只是莫名其妙，胡乱受人支配而已。

所以艺术应当走写实主义的路，写自己所不知道的东西既是骗人又是骗自己。前人的佳作和传统的遗产，固然应该加以尊敬，加以研究和吸收，但不能一味因袭模仿。假如我们的艺术作品要参加一次国际展览，只要稍不小心，一定会有千篇一律山水，或者尽是花鸟，或者画面上全是长袖高髻的美女、道袍扶杖的驼背翁。也许竟完全看不到地大物博的中国、现代力求自强的中国，这岂不是现代中国画家的耻辱。

过去我们先人的题材是宇宙万物，是切身景象，而且有了那样光辉的成就，我们后世子孙也该走这条路，不要离开现实，不要钻牛角尖自欺欺人，庶几可以产生伟大的作品，争回这世界美术的宝座！

一九四四年

中国美术之精神——山水
——断送中国绘画原子惰性之一种

山水为综合之艺术，在世界绘画史上发达较迟。故欧洲之纯正风景画至十七世纪见于荷兰之雷斯达尔、霍贝玛两家，皆于人物精极之后始摹追高渺广漠之大宇奇观，如虹霓闪电，厥显奇文，风雨晦冥，滋生遐想，实艺事进化自然之趋势。无足异也。吾国文化韧创为早，故七世纪即诞生王维亦在道释人物盛极之际。嗣后荆浩、范宽、郭熙、李成辈，虽俱以山水名家，亦莫不精极人物技术完备。若米元章独见黑白两色，泼墨淋漓，尤为世界第一位印象主义大画家，座几鼓瑟湘灵可揣着落，蜃楼海市，境非全虚，自以可贵。元人隐逸，惟寄闲情，外族君临，苟全性命，而见闻亦陋，囿于一隅；但王蒙写江浙蒙茸之山，倪迂作太湖流域平远之景，其情可谓高远矣。自明以降，竞尚科举，世家巨阀，夸耀收藏，遂多模仿，亦伪谦之意，不敢掠古人之美，非不可敬也。迨《芥子园画谱》出，益与操觚者以方便法门，向之望物不精而尚觉有不足，始为山水者，易为一物，不能写山水以掩饰浅陋恶劣，恬不知耻；惟借科名倚势自重，呜呼！自四王以下凡画必行篇一律，恶札充盈，有精一草以成家，写一木以立名者，能亦低矣。其所模拟厚诬古人，昭昭不可胜数也。其人视云山若无睹，傍宝树曾不觉，螂蛆甘带，斗筲小器，如生长福州美丽江山中之林琴南，最足代表此流弊者也。自甘堕落何能自解，于是造化为师之天经地义，数百年来只存具文，艺事窳败，欲至于此极伤矣。

故山水者，虽文学雅士，用道豪情之工具亦庸夫俗子持饰懒惰之资料也；而其为害于中国工业美术，尤罪大恶极。吾尝谓苟吾一旦南面王必严禁瓷器、漆器上画山水，违者杀无赦，不见江西恶劣之瓷器乎，上必画八大山人，而下有远山一抹，枯柴几枝，设是美才良瓷，岂非断送。试问不写此鬼子画，此鬼子画不可恶果，不见夫福州漆器乎，有时画一蝴蝶，弥觉新颖，便置数文钱于上，亦未见俗气，独至画工细山水于漆器，乃觉恶劣不堪，又不见湘绣乎，昔与瓷漆器，皆放光荣者也，今则喜以白底欲与衰落之绘事之功，而绣山水业用不振。夫科学惟一美德在精确，今中国所见无一物不浮泛；固然美术至于神奇变化之时，必令方者不方，圆者不圆，红者变绿，白者忽黑，约图成体，举物象征，但终不能香者不香，臭者不臭，除非鼻塞，失其感觉，故中国人民，普遍趣味低下与审美观不发达，实山水有以障之。山水为画中后出最美之产品，何至为害，若是则请观大易释义，孔没教，如此不可思议之人类真理，乃成功二千余年之乡愿保障，惟其高贵故必借以为护符，转至愤世嫉俗者，疑及其本是可衰也。欧洲某美术家曰：成型之艺术实精神之懒惰，盲哉斯言，故吾亦曰："衰落者，乃懒惰制成之杰作。"善哉，孔子之言曰："士不可以不弘毅，任重而道远，仁以为己任，不亦重乎，死而后已！不亦远乎。"古今大艺术家，何一不若是哉！

为艺术之德，固不当衰于一是；但小博大雄奇为准绳，如能以轻微淡逸与之等量齐观者，固无损其伟大也。若其跻乎庄严、静穆、高妙、雍和之境者，则尤艺之极诣也。故 Duvis de Chavames 视 Veroriese 无愧色。一如八大山人书法何遽逊智永和尚，要以所造为准；而德实有大小之别。惟乡愿既张，群夫逐臭，陈陈相因，驯至好中国狗矢者遂好外国狗矢，如马跌死（马蒂斯），外国加甚之董其昌也。董其昌为八股山水之代表，其断送中国绘画三百年来无人知之。一如鸦片烟之国灭，种种毒物，至今尚有嗜之者，为病既深，遂安于病，对无病者，又好令人染其病，而为同病相怜以掷绝灭，不可悲乎！其嗜外国狗矢者为炫新奇又逞投机，遂以马跌死一类盲品贩运中国，既可文饰其天赋之庸，又可掩护其不学之陋，欧洲岂无天球河图哉。顾其目营未尝不极工也。

是知衰落之征候，入于文化各部分时，方以类聚，遇食自然，苟无高远振奋之谋，仍陷腐败秽恶之阱，造型美术虽微，但在科学绝不发达之中国，犹不失其极大之重要性，一如以豆腐代替肉食，维持国民营养，若十年前有人以艺事，觇吾国运者，当亦深知其危矣。何者皆惰性（如山水），与钝愚无意识（如广东象牙球）之结晶也。近数年来，大梦略醒，社会之习尚少变，恒人审美观念亦不如昔日顽固；但嗜小趣少宏深博大之思，凡此与兴邦多少有因果关系而为浅人所忽者也，于是不惮犯人忌讳言之。

漫谈山水画

我们在今日正与帝国主义作艰苦斗争之际，绘画与一切艺术，均须正对现实，整饬工具，反而来谈山水画，可谓不切实际；而且我又在百忙，动机是友人蔡先生，偶然与我说起有人向他提出山水画问题，需要作一答复，我因此事与我国文化遗产攸关，研究颇久，手头材料，亦还不少；便自告奋勇，检讨一番，代其答复。

山水之为画，当然不可能有积极性，它是资产阶级的心力收获之一种，所以它也成为遗产。我国山水画上之造诣，有人认为是人类创作中之一奇迹；我们就山水论山水，确实有它的独到处，是可以值得骄傲的。

山水于画中为最后起之成物，因须综合人物、鸟兽、建筑、营造、树木、山水，一切构成在一幅中，非样样东西达到完成，不能有山水画；而画家又必须样样精通，才能创制山水画。所以真正有中国性格之山水画，成于八世纪之水墨山水创作者王维。比较完成西洋风景画之荷兰雷恩代（Roisdael），霍贝玛（Hobbema）、法之洛兰（Claude Lorrent），意大利之干奈来笃（Conaletto）（十七世纪）几乎早几千年。十五世纪末意大利文艺复兴时代贝里尼（Bellini）及达·芬奇（Leonardo da Vinci）画中，好以风景山水作远景，但未发展成立山水画，而中国大小米，好为韵味深远之雨景，始用点，尤早过法国印象派Impressionisme千年。（彼用色调此用墨彩，求取韵律，原理则同。）而山水画中巨人，如荆浩、董源、范宽、李成、郭熙、郭忠恕、米元章、李唐、马远、夏圭，皆有杰作可稽，造诣真确。（宗炳、大小李将军、王维、王宰、张璪、关仝、巨然辈，其画全失，或无杰作，存而不论。）如范宽之《溪山行旅》（故宫博物院），宋人《溪山暮云》（传李成笔，故宫博物院藏），郭忠恕《岳阳楼》（方雨楼藏），夏圭之《西湖柳艇》（故宫），《北溟图》（明周东村画，藏日本），《风雨归舟》（金冬心），真可说是百世以俟圣人而不惑，万古常新的东西！因为范宽居太华，习见雄峻之山，董源居江南，则不为叠嶂，写出真情真景，所以至今日，仍予吾人亲切之感，便是倪云林、黄公望、吴仲圭辈文人画（人以为对于外族统治消极的抵抗），亦不脱离写实；仅王蒙好为长幅层峦，移远景直立，作近在咫尺之象，（《青卞隐居图》等），显得矫揉造作，但其树法，实古今第一，无人能及，如倪黄所作，皆二三五年长成嫩枝，不得谓之树木，不及王蒙树法远甚，但元孙君泽，明之周文清、沈石田、仇十洲、袁江辈，皆能外师造化，中得心源，其作品多远离当时统治阶级俗气，得隐逸之趣；此文人竭尽心力之成功，不同于董其昌辈，达官显宦，想不劳而获的投机分子的末流文人画。所谓人物鸟兽营造花木山水样样精通，方画山水者，此辈人物鸟兽花木营造件件不会，方画山水！到了四王，专意贩卖古人面目，毫无独创精神。（古人所谓仿某家，摹人者，因画中作风偶然与古某人相近，恐后人讥其抄袭，索性自己写明仿摹人，有谦虚之意，到了后来，非仿摹古人，不得云作品，真是奇谈。）到了李笠翁，便纠合画家，编了一部三个月速成的《芥子园画谱》，让当时那些念书人学几笔画，附庸风雅，于是扼杀了中国全部绘画，不仅山水一门，亘三百年，因为有了《芥子园画谱》，画树不去察真树，画山不师法真山，惟去照画谱模仿，这是什么龙爪点，那是什么披麻皴，驯至连一石一木，都不能画，低能至于如此！可深慨叹。而欧洲自十九世纪英国康斯太布尔（Constable）、透纳（Turner）两大风景画家出，将中国山水画家所夸耀的（神韵境界）完全做到；一直发展到印象主义的莫奈，将天涯水角，悉成画材，平地草堆，包含光气，着手成春，皆能动人；即便不能创派的画家，如德国之安亨拔赫（Ahenbach），法之陀皮尼（Daubigni），俄之列维坦（Levitan），瑞典之滔鲁（Taulow）也都能依据自然，写出佳妙作品，超出古人，不像我国，每况愈下。仅有清初石谿、石涛，自抒性灵，略有古人作画遗意而已；至精深博大，高古雄强，都不逮宋人远甚，石涛因游踪较广，颇能会心造物变化，不为成法格局所拘，但写人物、树木，俱功力未逮，近人虽好言石涛，究不能举出石涛精品为何幅也。

一、技法之检讨金碧山水

在画幅上所存中国最古之山水，应推有名之展子虔（张伯驹藏），此幅无款，但可断为王维前物，因尚未及于成熟之山水也；宋以后人，多喜仿大小李将军之金碧山水，实中古人守印度画的作风小变；但青绿山水，亦具至理，1920年我在柏林见德国画家他貊（Hana Thoma）几幅风景，逼近中国青绿山水，但接近自然，风格逼真；后于1940年夏，居喜马拉雅山，偶至客乡（Kashen）附近七千尺左右高处，望十余里外对面满种茶树之山上，全是中国画青绿山水四青与四绿（若古人用头青与头绿，则推演出而将就用之，实胡闹也，实因古人无花青藤黄），此必在高处，且山上全披葱郁之植物，于繁茂之际，观者必须置身同等高处。平视（高视便无此色）不太远亦不太近，日光斜照，方得此淡石青石绿之美丽色彩；用赤金勾出，更有意义；因如太阳正射，则山势失其起伏；如反射，则成一片灰色；若用浓墨勾出山势，则嫌太重；倘用淡墨，则又显得软弱；只有用赤金钩出，恰到好处，又显得光彩，我想大小李将军，当年皆活动于陕西长安一带，可能在秦岭，或在山西五台山习见此种景色，故善画之如是（金碧山水）。在中国西南部，若四川、云南、贵州，应常常看到如此真景，江苏的董其昌硬派太原王维为南宗，因其大概少写江苏所无之层峦叠嶂也。王维画现在世上已不存在，我们推崇他，因根据苏东坡诗"……吾于维也敛衽无间言。"因为唐宋绘画水准极高，能令东坡倾倒如此，必是一旷世天才，惜乎由他创立之中国性格（民族形式）水墨山水，因为文人所祖，首先抹煞了具有优良传统的工匠所作大幅人物题材的华贵作品（主要如壁画），而发展成为脱离现实徒具形式的文人画；终至没落而成八股山水。便反而断送了中国全部绘画，真是出人意料。

二、浅绛

只用花青、赭二色（一冷一热）渲染，不用其他别种色，谓之浅绛。此作晨雾，颇有效果，因为用同等深浅（极淡）能区别光量，确为聪明办法。但于花卉，便不适宜。尤其幅幅都是浅绛，便显得单调。石谿、石涛最犯此病，此所谓"知其然而不知其所以然"。

又浅绛渲染，必须施之有章法之山水，不宜用于数树一石之片幅，因片幅太具体，仅冷热两色，不能了事，反不若淡墨一色概括了。

我举一事，证明今日中国画山水者之通病。

我在一九三八年十月漂流广东西江到江门，其附近四会，为中国著名大村（五万人口），实可称一城。其地有一陈君，曾执教于广州市立某学校，闻吾至，来舟相访，请过其叔家餐叙。饭后出其为其叔写《西江寻梦图》，因其叔有一爱子17岁而殇，心甚痛之，故命陈君作图纪念；阅竟，吾赞其画法之佳，陈君更请深言，吾因询陈君，此图可易题为长江寻梦否？可易为黄河寻梦否？甚至为黑龙江寻梦，亦无不可。因不能确指境地也。陈君愕然，因问：如先生言，当如何而可？吾谓既然是广东西江，倘不能用屋宇表示广东房舍结构与别处不同，必当用植物表示，如长江以北少竹，黄河以北更罕见，竹之产两广者，多丛生之慈竹，不同于江浙两湖皖赣竹能成林；福建广东，多见垂根巨榕，湖南江西四川亦有之，俱不垂根而大叶；芭蕉在广东省，结实累累，至江浙四川尚能开花，便不结实；多棕树参天，他处无之；若在图中多写三五株高棕树，画几丛结实芭蕉，则画自然不能移动境地了！陈君恍然。又如匡庐雁宕，无层峦而有叠嶂，因无高峰；黄山莲花峰，虽全是巨石所积，但可用荷叶皴，而不得用大斧小斧劈法；江浙少数百年之大树，如北京习见奇姿异态之古柏，因有大寒大热大风，若气候温和之地，如成都丞相祠堂前所产之大柏，一长直上五丈高，毫无姿态，因不须与天时奋斗也；

若云南点苍山下三大唐柏，因为点苍山的西风厉害，故又具姿态；记得我作一首打油诗咏之，"虬枝欲挽朝暾住，激战西风日夜间；直到斧斤不敢赦，天留古柏伴苍山。"因近一千年的西风，吹得柏枝完全东向，好像要伸出臂膊拿日出也。又苍山山势，全是王蒙皴法，他处似未见过，王蒙初未到过云南点苍山，而能暗合如此，此又似鼓励人闭门画山水了；但王蒙画，无远近法，到底看出他未常接近造化，不称当行；比如郭熙善画水层岩，马远善画石灰岩，董源善写土山，倪云林不写大树，皆是忠实表征。后人懒惰，不解师法造化，便自然主义都谈不上，所以愈不成其为画家了！

近尚有与八股山水并行的画，香蕉苹果一类低能的东西。我又想起一事，一九三七年抗日战争起，我随中央大学迁重庆；四川省政府，聘我招考中等学校图画教员，请我监试并出题；我即出一题，"要画中有两个人在工作，耕田也好，挑水也好，但要看出是四川人；要一株大榕树但树上不要叶子。"诸生想了半个钟头，画不出来；于是怨声载道，说：这像啥子题目，四川人还不是与别省人一样的，树不画叶子，怎看得出什么树？我即起解释道："一个中等学校教员，当然不必要能写杰作！但是我要测验你们，能不能观察自然，若要用形象来区别人，自然甚难，比如说安南（今越南人）当然大别于蒙古人、广东人，不同于河北人，倘用打扮服装做区别便容易极了，头上裹了一大白布头巾，上身穿件长衫，而光着脚，这不是一看就是四川人了吗！至于榕树大异柳树，柳树大异于松树，倘画柳树不画叶，可能被认为别的树；但榕树盘根错节，又巨大非常，如写出被人误认，那就奇怪了。"众方禽服，但终于草草了事。向来埋头于八股山水或用功画香蕉苹果的人，自然无办法作出此题，事后亦未产生任何影响。我所持的道理，可说不错，只因不配合政治，因之不发生作用；比如今日，说明艺术应服务于人民大众，倘连这些都不会，那就用不着你这一类的画家！情形就远不相同了！

八股山水尤扼杀我国工艺美术，如我国瓷器、漆器、刺绣，都因制作者懒惰，用山水代替图案，至没落到比原始陶瓷都不如。比如一个瓷器，一件漆器，一幅刺绣，加上山水，还能与人什么美感么？光的白的倒显得干净多了！因为它决不可能像真山水，亦决不可能有山水画画面上的优点，甚至连八股山水都不如！（比它省事，费事而不得效果，就显得俗气）所以山水画虽曾成过好东西，但没落了的八股山水，却成为一件坏东西了！（听说为了遮掩器上毛病的缘故，但无别法可想吗？）

再举一个例：如英勇抗战一类题材，当然不能责之文人画家；但中国古今文人最艳羡之事，最理想之景，其莫过于桃花源；但此中人物鸡犬，如董其昌、王石谷辈，能梦想得到吗？这辈文人能胜任吗？文人画家，并桃花源尚不能想象，还有什么前途呢！

总之艺术需要现实主义的今日，闲情逸致的山水画，尽管它在历史上有极高度的成就，但它不可能对人民起教育作用，并也无其他积极作用；其中杰作，自然能供我们闲暇时欣赏，但我们现在，即使是娱乐品，顶好亦能含有积极意义的东西。我们之中倘有天才，希望他能写出各种英雄（如战斗英雄等）的史实，各种模范的人物凸出着我们幸运遭遇这个伟大时代。像列宾、苏里可夫、米该蒂（意大利十九世纪大画家Jario《渔家女》之作者）等人，类似之作品；倘从文化着眼，中国五代北宋山水，已成缥缈高峰，我们便有能力向上堆积，亦加高了有限。现实主义，方在开始，我们倘集中力量，一下子可能成一岗峦。同样使用天才，它能使人欣赏，又能鼓舞人，不更好过石谿、石涛的山水吗！

中西画的分野
——在新加坡华人美术会讲话

主席赞扬之言，余诚惶恐不敢当。华侨对祖国文化认识不大容易，自有其原因在焉。国难期间，南来艺人如果能把祖国文化，报导于此间侨胞，使能了解，初亦不无裨益。余此次南行理由，实至单纯。吾等既为同道，不妨一谈。当去年六月间，接德国友人来函，谓广州德国领事对弟画事深致景仰，意欲购买数幅，借资观摩，当即寄奉七八幅，蒙购去数幅，价值□（字印不清楚或脱漏，以下同）币数百元。时适中印文化协会谭云山返国，嘱余赴印开画展，乃将卖画所得权充旅费，又因领护照及其他亲友挽留盘桓，故迟迟至今始来星洲。……

关于中国艺术方面，弟有管见数点谨为一陈，如不对愿共商讨之。艺术有三大原则，即真善美是也。真者精诚之至也，此不必多提。现所欲言者，则艺术两大源流，惟"善"与"美"，此二者又包括"造物"与"人生"，造物于大自然之间，则"美"也。体会人生则"善"也。中国艺术，偏重于"美"，而少于"善"。质言之，工花鸟，拙"人生"。十八世纪以前，中国花鸟之作，堪称世界第一。十九世纪以迄目今，亦复如是。即艺术古邦之罗马，亦难与我并驾齐驱。然而□（原件缺字，下同）画之描写人生，则近似□学，重抽象而不重现实。十余年前，余返自欧洲，标榜现实主义，以现实为方法，不以现实为目的。当时攻击者纷起，然我行我素，不以为意，宁愿牺牲我以就自然，不愿牺牲自然以就我，而率能于无形中胜利。

中国画与西洋画、日本画不同。现实主义每有困难之点，盖下笔偶一不慎，与日本画相差无几。中国画，失败于此者至夥。而余亦□主现实，中国人有一大错误观点，彼等以为中国画必须研究古画、文学、诗歌而后方知其奥妙，余深为以憾。夫西洋画，一看即懂，不必念文学、学诗歌而后知。故余以为中国画，后此□须直截了当，方为上策，不必如此麻烦，使人一望而知，有共通性，则亦足已。否则走入牛角弯，将不知如何是好矣。

中国今日急需提倡之美术

吾人对艺术之需要，以恒情论，必在国家承平之世，人民安居乐业之时；所谓衣食足而后礼义兴也。我国今日可谓萃千灾百难于一身，芸芸众生，强者救死不遑，弱者逃死无所，语以艺术，无乃有言不以时之诮。顾爱美恶丑，出自天性，昔人研究最初人类之有衣服，其动机盖全出于审美之念。况吾人生长文化最古之邦，若必欲强其归真返璞，是何异闭聪塞明，重返原始生活！悖进文化之原理，为事理所不可通，而况正道不彰，异说斯炽，吾人已往艺术之继承，现代艺术之改进，与未来艺术之创造，多有可商榷者，而以国家之力所提倡之艺术，尤必须与以正确之方针，此尤为急不可缓者也。

譬之平地筑屋，可以独辟蹊径，自奠基础，为事至易；苟欲毁一恶宅，从而另建，则增摧毁之劳；倘遇荆棘丛生之地，复多斩伐之苦。从事艺术者，其难易顺逆之境，盖足与此相衡。人之天性，可与为善，而其惰性，最易作恶。故提倡者与投机者，恒不须臾离。庄子已有胠箧之惧，而先为制箧之谋，引人买箧，从而窃之，君子既可欺以方，社会遂蒙污垢之耻，故反其道而提倡美术，结果恒得丑术，一如投机分子之从事革命，而多水深火热之罪恶也。

世界革命之目的，在消除一切阶级，思想自由。中国革命之目的，固无二致。而尤要者则为绝灭鸦片，严禁裹足，减少赌博之害。故中国之提倡新式美术，固应以杜绝外国美术八股为旨归，但于世界共同语言之原则，不可不诚意遵守。此原则维何？即于治艺者造端之际，正其视听是也。

为学之道，先求知识。知识既丰，思想乃启。否则思想将无所着落，而发为言论，必致语于不伦。今日中国之少年美术家，具知七十年来之各派名词，而叩以史珂帕斯、多那太罗等巨人；或郑虔、范宽为何代何国人，盖不知也。至于人体解剖，更茫然莫解。岂非教育颠倒，提倡背道之明证耶。此就纯正美术言之，犹未入于本题。目下就国势国力而言，欲在艺术上学之其用，用求其实，而有赖于国家力量之提倡者，盖无过于图案美术者也。

纯正美术，远于功利，对于社会，鲜直接之影响，图案美术之旨，在满足人类之生活，如绸之为物非不细软，但色泽花纹苟不佳，人即无取，反服色泽匀称之布，非以廉也。故制之失宜，金玉丧其值；制之合法，土木显其功。如中国之丝、之漆、之瓷、之木料，皆天下之美质也。吾先人殚思苦虑，用之至当，乃著其名于大地。各国收藏，视若至宝。五十年来，文化衰落，人习于惰，作焉不思，传及两代，真意全失。故外物充斥，罔有纪极，倘不急起直追，必致危亡不救，考欧洲大邦，皆设图案美术专校，吾国今日，先宜绍述古制，采取新法，利用美质，造作珍奇。粗者供日用，精者备收藏。且图案之术，能化恶为美；应用之当，俭之获过于奢。国人美感，于以养成。夫人之嗜好，赋诸天然，不能相强，故徒为爱国之空言，提倡国货之高论，其效仍微者，盖未能揣其本也。国货佳者，无俟提倡；其不佳者，奖誉无益。图案美术，乃促进一切工艺之不烦而克臻美善之学也。今日国产绸缎、绣品、陶瓷、漆器、木器等日用必须之物，俱无法自存。一言以蔽之，其形式、颜色，恶劣不堪，望而生厌，故无人过问也。四年前，吾游福州归时思购百元之漆器，结果只用去三十余元，因其物象，实不能令人起热烈之欲。去年游南昌，于瓷器之感想尤劣。夫予备消耗者，尚不能令其消耗，可深悲矣。因忆昔游比国岗城（Gand）见其玻璃花瓶数百种，无一不美，恨不能一一购之，以此例彼，真如霄壤。

人贵尽其才尽其用，并不以智愚巧拙而分等级。如耕者之不善属文，亦犹士之不解执耒耜也；各得其用，社会以宁。故文明国家之培养艺术人才，亦各尽其才之用，使借一艺以自立，无事营求。吾国公私所立美术学校，无虑数十，而无一注意图案美术者。其生徒类皆学画，其出路，恒充教员。天才出现，恒数世而不一觏，安得同时有数万之作家。至人之营求衣食亦属应当，惟此等未成熟之画家，其执业，即无裨于世，复大背乎学。驯之社会美术，似发达而实无美术品之出现，且距此益远焉，其罪恶不仅消耗人之精神，使之无用而已。盖劣艺不外乎观察不精，背乎自然，其影响之及乎道德教育，能使人不爱真理，苟且欺诈。向使一般资能较低之青年，习图案美术，执一完善之艺，以求生活，必不致溷迹教育界，以自误误人也。而社会不特多生产之人，且受其工作实用以外之惠。况今日时髦所尚，必学洋画；工具俱系外来，倘无所得，则徒耗国家经济，允可不必也。

国家唯一奖励美术之道，乃设立美术馆。因其为民众集合之所，可以增进人民美感；舒畅其郁积，而陶冶其性灵。现代之作家，国家诚无术一一维持其生活。但其作品，乃代表一时代精神；或申诉人民痛苦，或传写历史光荣，国家苟不购致之，不特一国之文化一部分将付阙如，即不世出之天才，亦将终致湮灭。其损失不可计偿。故美术馆之设，事非易易，鄙意先移其责于各大学，及国立公立图书馆以法令规定，每一国立大学或图书馆，至少每年应以五百金购买国中诗家、画家、书家作品或手迹；视为重要文献，而先后陈列之，庶几近焉。

购买选择之权，在各大学或图书委员会；购买之法，或亦购自作家，或国家每年举行美术展览会，同时派人选购。作品之出类拔萃者，与以特别奖励。如是则美术家可得正当之出路；而国家维持文化，又不须筹特别之款项，事之两利，莫过是矣。

今日中国一切衰落之病根，在偷安颓废。挽救之道，应易以精勤与真实，而奋发其精神。进化固有显著之迹，但沿革苟不同，其行程亦异。欧人今日多有厌恶其机械生活，而欢迎东方文明者，其必不足令吾懒惰之国人借口，可无疑也。若美术派别之变迁，吾国之历史，亦正广大而悠久，不相盲从，当无所谓顽固也。若一味竞趋时髦，不务其根本，社会之弊，漫然不察，坐视他人文明，"迎头赶上去"。惜国人短见，未尝以美术为文化所关，而忽视至今，若考其情应不以鄙意为河汉也。

民国廿一年十一月，南京

故宫所藏绘画之宝

　　历史上稀有之物,辄号曰国宝。吾国立国五千年,具国宝资格之品物,应有不少,顾不肖子弟,不自珍惜,百年以来,或遭豪夺,或受利诱,辗转迁移,流落于他邦,成为他人国宝者,吾之所见,已不下千百事。返观吾国所遗,所谓文物之宝,如画,如书法,或吉金刊石之属,人视为国宝者,世已不得会观。此次中英艺展,不佞忝为专门委员,与邓以蛰先生同在故宫博物院上海堆栈审查书画二百余件,颇得纵观之乐。《大公报》索为短文,爰举个人感想,叙其优劣。不佞见解偏执,或不独得四王同乡人之同意也。

　　中国人自尊之画为山水,有两国宝,已流落日本:一为无款之郭熙画卷,一为周东郁《北溟图》。中国所有之宝,故宫有其二:吾所最倾倒者,则为范中立《溪山行旅图》。大气磅礴,沉雄高古,诚辟易万人之作。此幅既系巨帧,而一山头,几占全幅面积三分之二,章法突兀,使人咋舌!全幅整写,无一败笔。北京人治艺之精,真令人拜倒。

　　一为董源《龙宿郊民》设色大幅。峰峦重叠,笔意与章法之佳,不可思议。远近微妙,赋色简雅,后人所为青绿,肆意敷陈,不分前后,莫别彼此者,当知所法。郭河阳有四幅,其山林一帧,清音遐发,不同凡响。

　　马远多幅,仅《华灯侍宴》足观。夏圭《西湖柳艇》,写傍水生活,美极矣!其处理舟楫茭苇,乱而理,熟而稳,色尤和谐,信乎其为杰构也。

　　此外,若李唐《雪景》、李迪《风雨归牧》,及无名氏《溪山暮雪》,俱佳。尤以阎次平之《四乐图》,岩石之勾皴法,树木之挺秀,俱戛戛独造,别开生面,惜后人无嗣响者。至巨然大幅,似非真迹。

花鸟乃吾国美术精诣，亦两宋人绝业，其杰作若林椿《十鹊》，生动天然，作风尤高妙。其布局于聚散飞止各态，极见经营之工。崔白双钩《风竹与鸬鹚》，确是杰构，可爱之至。

赵昌《四喜》，虽无林抚之雄奇，而特为秀逸。又鲁宗贵《春韶鸣喜》，确是佳幅。至徐熙、黄筌、易元吉、黄居寀等巨子，此次未有出品。

宋徽宗画，故宫藏者，吾未见之。皇帝大画家，乃世界少有。其大名世多知之者，当以佳幅出陈，以餍众望。赵孟頫乃吾国历史上最大画家之一，惜故宫无其作品。元四家为八股山水祖宗，唯以灵秀淡逸取胜，隐君子之风，以后世无王维，即取之为文人画定型，亦中国绘画衰微之起点。此次有吴仲圭《洞庭渔隐》，尚有浑重气概；黄子久画，为恶札所毁；唯高克恭《雨水》，略多滋味，较一味平淡之倪高士画为胜。

明人画，自推仇十洲《秋江待渡》为第一。图写人物树木山水，层次井然，洋洋大观，无一懈笔，但非表情之大结构。就画而论，不亚于流落日本之《春夜宴桃李园》一图。如此功力，使人敬佩！

明宣宗写壶中富贵，殊为精能。唐寅《暮春林壑》，确见独创作风。陆包山《支硎山图》作法巧妙，此公为画中最巧之手，而又不流于熟者也。

若陈老莲，若石涛、石谿、八大等怪杰，俱当时流亡之人。如"破碎山河颠倒树，不成图画更伤心"等句，如何不令当时战胜征服之君主所注意？所以此类杰人作品几濒绝迹。至对八股式庸俗摹仿抄袭之作品，等之自桧以下，不足置论，鄙意以为送三四件以备一格可矣。

自来中国为画史者，唯知摭拾古人陈语，其所论断，往往玄之又玄，不能理论。且其人未尝会心造物，徒言画上皮毛笔墨气韵，粗浅文章，浮泛无据。此次多见真迹，可订正盲从之伪。又此次无人物，曾建议取宋太宗像（皆中国画中大奇）陈列，此为世界首出之华贵像。前乎此者，莫与伦比也。

一九三三年

谈高剑父先生的画

吾国原性艺术，为生动奔腾之动物，其作风简雅奇肆，物多真趣。征诸战国铜器、汉代石刻，虽眼耳鼻舌不具，而生气勃勃，如欲跃出。及民族之衰也，此风遂替。厥后印度文化侵入华夏，精于艺者，好写诙诡之道、释，其作至今无存，吾亦殊不尊之。王维挺起，乃为山水，水墨一色，取貌取神，成中国艺事之中兴。虽吴道子之天才，亦印度艺术之克家子而已，未建此伟业也。故非八股之山水（八股山水创自元人），乃中国古典主义之绘画，出世较世界任何民族之山水画为早，画中之最可宝贵者也。两宋绘画，成一切历史留遗之技巧，其为大地所尊，莫与抗衡者，厥为花鸟。元人（子昂一人例外）卑卑，其细已甚。明之林良，在粤开派，最工翎毛，笔法雄健，突过古人。闻语文学家言，粤语杂汉音最多，今之粤派，亦多承继吾国艺术主干，剑父先生其尤著者也。吾弱冠识剑父于海上，忆剑父见吾画马，致吾书，有"虽古之韩干不能过也"之语，意气为之大壮。时剑父先生与其弟奇峰先生，画名藉甚，设审美书馆，风气为之丕变。奇峰亦与吾友善，并因之识陈树人先生，亦艺坛之雄长也。吾性孤僻，流落海上，既不好八股山水，又不喜客串之吴缶老派，乃穷源竟委，刻意写生。漫游欧洲，研究西方古今群艺，归欲与二三故旧，切磋精求，奈人事参商，天各一方，不相谋面。而奇峰前年作古，二十年之别，竟成永诀，私衷悲痛，念之凄然！汪精卫先生主政中央，宏奖艺术，于是剑父始能为白下之游，携作与都人士相见。其艺雄肆逸宕，如黄钟大吕之响，习惯靡靡之音者，未必能欣赏之。顾其鹰隼雄视，高塔参天，夕阳满眼，山雨欲来，耕罢之牛，嬉春之燕，皆生命蓬勃，旗帜显扬，实文艺中兴之前趋者。陈树人先生言：当年之高剑父，曾身统十万大军；轰动一时之凤山案，其炸弹实制诸剑父画室者也。被推为革命画家，宜矣！艺如其人，尤如其性。顾与剑父交游，又见其平易和善，而语多滑稽玩世。画家高剑父，博大真人哉！吾昔曾评剑父之画，有如江瑶柱，其味太鲜，不宜多食。今其艺归于淡，一趋朴实，昔日之评，今已不当。为记于此，

以俟知者。

一九三五年

《张大千画集》序

夫独往独来，啸傲千古之士，虽造化不足为之囿，唯古人有先得我心者，辄颠倒神往，忍俊不禁。故太白天人，而醉心谢朓，透纳画霸，独颂赞罗郎。此其声气所通，神灵感召，有不知其所以然者。大千以天纵之才，遍览中土名山大川，其风雨晦冥，或晴开佚荡，此中樵夫隐士，长松古桧，竹篱茅舍，或崇楼杰阁，皆与大千以微解，入大千之胸次。大千往还，多美人名士，居前广蓄瑶草琪花、远方禽兽。盖以三代两汉魏晋隋唐两宋元明之奇，大千浸淫其中，放浪形骸，纵情挥霍。其所挥霍，不尽世俗之所谓金钱而已，虽其天才与其健康，亦挥霍之。生于二百年后，而友八大、石涛、金农、华嵒，心与之契，不止发冬心之发，而髯新罗之髯。其登罗浮，早流苦瓜之汗；入莲塘，忍剜朱耷之心。其言谈嬉笑，手挥目送者，皆熔铸古今；荒唐与现实、仙佛与妖魔，尽晶莹洗炼，光芒而无泥滓。徒知大千善摹古人者，皆浅之乎测大千者也。壬申癸酉之际，吾应西欧诸邦之请，展览中国艺术。大千代表山水作家，其清丽雅逸之笔，实令欧人神往。故其《金荷》藏于巴黎，《江南景色》藏于莫斯科诸国立博物院，为现代绘画生色。大千蜀人也，能治川味，兴酣高谈，往往入厨作羹飨客，夜以继日，令失所忧。与斯人往来，能忘此世为二十世纪——上帝震怒下民酣斗厮杀之秋。呜呼大千之画美矣！安得大千有孙悟空之法，散其髯为三千大千，或无量数大千，而疗此昏愦凶厉之末世乎？使丰衣足食者，不再存杀人之想乎，噫嘻！

学术研究之谈话

　　一国美术之发达，非仅"开设学校"与派遣留学生所能奏功，不得名师，学不足以大成；不见高贵之名画，而仅肄业于学校，所得甚浅，此学校之不足为力也。留学生能苦志励学，为己计诚有用，而为人计，终属无用。（记者按：留学界人物，如徐君之成绩，已属不可多得，试问回至中国，能否即有施展。）此派遣留学生之不足为力也。求美术之发达，只有建筑博物院之一法。一国有美术博物院，凡系上帝赋予之天才，均得有所表现，从来维持国家之文明者，本赖提高人民程度之水平线，如彼法国，一切学问，水平线已提高，少数沽名钓誉之徒，不敢以大言不惭之态，自鸣其新，正如中国多能文之士，后生小子，终不敢于文章一道，妄作解人，惟中国各地，大规模之画院，至今尚付阙如，学者坐井观天，不见世界名人之杰作，夜郎自大，不知天有几许高，地有几许厚，滔滔终古，遂永无向上之心矣！悲鸿略具知人之见，亦有自知之明，从不敢以大美术家自居，悲鸿深知世界名人杰作，均从功力而来。偶临画院，有所观摩，惊叹之下，奋起直追之念，油然而发。迨经一度揣摩与领会，乃窥见前人弱点不少，知我有能力，勉自为之，等量齐观，亦非难事。予此行自欧东归，兼从事于劝建博物馆之运动，殆如古语所谓"己欲立而立人，己欲达而达人"也。欧洲今日，言论庞杂，画家之派别，日见其繁琐，再阅若干年，耆旧名宿，将相继谢世，古人之遗制，售价必异常腾昂，甚至难于搜求而不可得，当此世运绝续之交，正我中国不可错过之好机会。悲鸿生平有两大志愿：其一为己，必求能成可自存立之画品（此殆指名人传世之作）；其一为人，希望能使中国三馆同时成立，一、通儒馆Académie（一作学士院）；二、图书馆；三、画品陈列馆Galerie（即美术博物院）；三者不可缺一，有互相维系之功用也。（巴黎之学士院共分五部，曰文学、曰美术、曰科学、曰考古、曰政治经济，美术家能与科学家接近，用意至善。）人之所贵者在良心，其一切皆虚幻。学问之道,宜向正路奋力前进，如无前辈典型以资模楷，往往无所适从。譬如日本，维新以来，美术家之间学海外者多矣，而其造诣，终难高远，实因美术陈列馆，不能如彼欧美之有大规模也；现在中国之所谓美术，惟愿其暂时不甚发达，若不幸而误入歧途，发达之后，他日反将多费一番纠正之工夫，而后乃可从事奖进，譬如画架张布幅，有反钉者，必须先"拔下"一次。而后再能钉上，舍近就远，欲益反损矣。

本人工绘事，并喜研究各国之写真片与印刷品，因今日世界名画，真迹之流传，每不能如写真片与印刷品两者之普通也。中国距欧甚远，彼邦名作，不易供我玩赏，退而求其次，如印刷品与写真片，可分"多色"与"一色"之两类，多色一类之最美者曰"五彩珂罗版"，与市上常见之寻常珂罗版，相去天渊，寻常珂罗版之通弊，为不能深入显出，而德国之五彩珂罗版，设色甚厚，印制甚精，阅者展玩副本，无异摩挲真迹，刻玉足以乱楮叶，真觉天衣无缝，每片之价，有需一百二十金马克者，此乃德国柏林写真会社独创之物，实为世界各国所未曾有。其次为"三色铜版"，以德国籁集薇氓氏一家为最佳。其出品数至万余种。定货者按号索购，上海群益书局所售多种，均非佳构，殆未经美术专家之鉴择故耳，其一色者为写真片，法国巴黎百隆公司之出品，印以炭纸，色泽可经久不变，德国之出品系灯光纸，每纸价约华币一元，论其品质，自远逊于法国，但世界各国尚有若干名家作品，甲国所无，或为乙国所有；丙国所有，或为乙国所无。富鉴藏者对于各国出品，经一度考查之后，自不能不兼收并蓄。

中国文字之每况愈下，其情境之可怜，无异西方画派。将来中国无可读之文，或将转而求之日本矣！总之一国之文字，决不能因人民程度之低而自趋卑下。譬如中国乡民，遇一切美观之事物，只能说"好看""好看"，而法国乡民而能以"joli（佳）"、"beau（美）"、"charmant（艳）"、"splendide（华）"等不同之词，以形容之，此盖知识程度之不同也。又如国语普及问题，更与提倡白话，毫无关系，普及之法，只须颁定一新学制，凡欲在师范学校毕业者，必须精通国语，平时无论上课或自修，限用国语，其学有大成而于国语未尽娴熟者，虽已及格，只可派往北方通行官音之数省任讲席，如是则国语教育，未有不普及者，又何必虚张声势，而以"国语运动"相号召耶！

中国之原性浮雕绘画

中国最古之绘画乃汉之壁画。史传所载虽有画像等等，惜无实物，迄不可考。至于浮雕，世恒举一六七年武梁祠造像为我国造型艺术鼻祖。而西方学者更好言以为有希腊影响者也，故作此文辟之。

中国民族奄有华夏以后始制文字，文字构成，概以六书（中国习惯好以数记之，六法即本于此），首著物名，即象其形，象形文字即绘画之始。于是描写动物之形，兴趣特为浓厚强烈，盖见于中国最古一切之艺术品无不为动物之摹拟也。如三代铜器之花纹、图案，皆取各种兽形为曲直连环之线。又所谓尊彝，盛食品之明器，便是动物雕塑，判上为盖，空其中以利用之，其例殆不可胜记。

上古民族所创之艺术，以动物著称者，为亚述。作风精严，刊意写实。中国则不然，其描写动物形态，虽曲全动物组织、解剖、比例、类别，更极其奔腾跳跃之状，千变万化，但其作风恒偏于神秘玄妙之幻想方面，不专意写实。故其所写动物不能确指其为何物、何名。有独角者，宜为犀；而具牛身，其长尾可指为牝狮或黑豹，而复有不同。但其为装饰之功，则黑白和谐，高下抑扬，绝有节奏。

故宫藏战国遗物有钫一事，上有凸起人马之形，实为武梁祠一派滥觞。比国史笃葛雷藏器中有怪兽奔腾之形，殆汉以前器，与汉代墓椁石上浮雕兽类同其作风。一派指陈事物，一派决取荒诞之玄想，属于两类之作品，今日散见于各器者尚多，不悉举。

欧人自发现匈奴汉末某王墓后，见其中有汉之上林漆器，上有汉字，棺上覆被。所绣人马，则有泛希腊派作风（此非中国物），遂定汉时已与西方流通，中国美术遂被希腊影响，与印度同例；武梁祠浮雕即其明证……此诚历史家好为推测之臆说也。交通足以变易文化，固是实情，例固极多，但指西方与匈奴有关系，匈奴与汉有关系，便确指西方与汉有关系，以为巴尔堆农雕刊有人马，武梁祠孝堂山浮雕亦有人马，便指受希腊之影响，真臆说也。夫艺术之本身不外三事：曰含意、曰取材、曰作风。如希腊以神为题材，其人物多阿波罗、海尔梅斯、胜利神等等或用桑陀尔故事，其作风则华贵高渺，结构井然。中国人则尧舜文武，为人典型，黼黻文章，冠裳车马，其作风则多具抽象方式，不甚赅备。结构颇如埃及浮雕，不具远近，又多水陆禽兽。中国传说之神怪、幻景，绝不与希腊一切相眸也。且武梁孝堂山作风明明与战国遗物一致，可谓战国时已与希腊有关系乎？

中国此类富有强烈之生命，并极富想象力之艺术，自印度文明侵占中国以后而消亡，日从事诡诞，略无比例，毁灭形象之印度作风，毫无生命，毫无表情之宗教艺术，可谓非中国艺术。绵延五世纪以后，虽有理想主义之山水，写实主义之花鸟，起而代之，而此想象力极丰，个性特全，生命力极富之华贵艺术，不能再见，伤已伤已。

西洋美术对中国美术之影响

艺术之仇敌不是摧毁反对，而是冷淡与漠不关心。因反对至极达到摧毁，不过使一物暂时没有，若一环境内对于某事某物，根本未予理会，则此事此物，便无出现之希望。十年前之中国可谓未尝理会西洋艺术，十年以来西洋美术予中国最大的刺激可说是其宣传艺术引起之作用，最重要者尤莫过苏联艺术，此以纯艺术眼光言之，仅是国家主义中之一些功利主义而已，但其作用能唤起国人对整个西洋美术之注意亦可喜之事也。

法国在一九一四年大战以前，其艺术已有堕落之根性，如赫努瓦之被捧起，严正作风之遭讥讪；如巴纳及路杭皆足以使远见者隐忧，此虽画商之作祟（鄙人数年来已屡次作文谈及），但其热闹如此，影响及于日本，再由日本传到中国（野兽派所供养之马蒂斯等等会有人崇拜，最适合一班毫无根底，中道彷徨之小呵子），此虽过去二十年中之巴黎艺界之活剧。但在今日中国尚有恋恋者，是诚难怪中国社会之未予理会，实在叫人摸不着头脑！故即作历史之追溯，远自郎世宁，中自上海土山湾西洋教士之画室，近至两江师范艺术科。周湘、张聿光诸先生所设初期美术学校等等，皆有数十年之历史，但其影响终不显著，无他，固西洋美术实未尝到中国也！

必何如而西洋美术始到中国？非常简单，战前花十万元从伦敦买巴撒依全部模型，从意大利买到米开朗琪罗之《摩西》，陈之于公共场所，看他能不能于中国美术几微影响！（中央大学藏有《掷铁饼者》《奴隶》《安波罗》等十余具稿，因之产出七八位有希望之青年画家，今日正有贡献。）欧洲人之通汉学，必自舍万尼斯之译传太史公之史记起。此事理之无可疑者。

在先已受欧洲写实主义刺激者，迨"九一八"直至与倭寇作战，此写实主义绘画作风，益为吾人之普遍要求，惜乎当日未能广予培栽。虽有多树开花多树结实，但硕果终嫌太少，实因耕耘之不足！

其中最显著之效果，还推舞台艺术，若从生活方面言之，留德同学会之西餐亦还可口，再举懒椅，未见趣味高雅者，视吾原有之木器，尚大有逊色也！

抗战前五十年中吾国艺术之可谓衰落时代，西洋美术乃一博大之世界！吾国迫切需要之科学尚未全部从西洋输入，枝枝节节之西洋美术更谈不上！吾之欣幸者乃因第二次世界大战，消灭大半可恶之欧洲国际画商，可以廓清西洋美术障碍——吾国因抗战而使写实主义抬头，从此，东西美术，前途坦荡，此后二十年中，必有灿烂之天花，在吾人眼前涌现，是诚数千万为正义牺牲者之血所灌溉得来。在吾未来社会，将视为生活所需之营养，必不致为人漠不关心，乃不佞所敢断言也。

版画不能视为西洋美术，因吾国椎拓之术最早。而五彩印刷亦最早也，但吾国当代之版画家，吾又不能谓其未受西洋画影响。如李桦极近意大利之普利玛提思，而古元尤有法国巴比松中田家之调。惟欧洲古今，版画家类均是大画家，如曼坦那、丢勒、伦勃朗，近代如门采儿、左恩、倍难尔、勃郎群，皆旷世之大画家，故吾愿从事版画诸公造意时，先从西画着想，则诸公之贡献，当更伟大也。

复兴中国艺术运动

吾本欲以建立中国之新艺术为题，只因吾国艺术，原有光荣之历史、辉煌之遗产，乃改易今题。所谓复兴者，乃继承吾先人之遗绪，规模其良范，而建立现代之艺术。慰藉吾人之灵魂，发挥吾人之怀抱，展开吾人之想象，覃精吾人之思虑也。在此类种种步骤进行以前，必须先有番廓清陈腐、检讨自我之工作。

第一在思想上，吾先人遗留与吾人之伟制，如建筑方面：有长城、天坛，近在眼前；雕刻方面：有龙门、云冈、宾阳洞、天龙山；绘画方面：有敦煌千佛洞，其伟大之结构，如维摩诘接见佛使文殊师利。此固可视为外来影响，非中土本位文化；但如吾所藏之《八十七神仙卷》（中华书局出版），其规模之恢弘，岂近代人所能梦见！此皆伟大民族，在文化昌盛之际，所激起之精神，为智慧之表现也。无他，亦由吾国原始之自然主义，发展到人的活动努力之成绩也。在古希腊全盛时代，其托利亚式、伊奥尼式、利林斯式三种建筑上，恒以神话人物为雕刻及壁画之题材，产生杰作，不可胜数。惜我国民族天才，为佛教利用，亦创造了中国型之佛教美术。顾吾国虽少神话之题材，而历史之题材则甚丰富，如列子所称清都紫微钧天广乐帝之所居，大禹治水、百兽率舞、盘庚迁殷、武王伐纣、杏坛敷教、春秋战事、负荆请罪、西门豹投巫、萧萧易水、博浪之椎、鸿门之会、李贰师之征大宛、班定远之平西域等等，不可胜数，皆有极好场面，且少为先人发掘者。其外如海市蜃楼，亦资吾人无穷冥想；益以民间传说，画材不避迷信，可说丰满富足，无穷无尽也。

在此方面，检讨吾人目前艺术之现状，真是惨不可言，无颜见人！（这是实话，因画中无人物也。）并无颜见祖先！画面上所见，无非董其昌、王石谷一类浅见寡闻，从未见过崇山峻岭，而闭门画了一辈子（董王皆年过八十）的人造自来山水！历史之丰富，造化之浩博，举无所见，充耳不闻，至多不过画个烂叫化子，以为罗汉；靓装美人，指名观音而已。绝无两人以上之构图，可以示人而无愧色者。思想之没落，至于如此！中国三百年来之艺术家，除任伯年、吴友如外，大抵都是苏空头。再不自觉，只有死亡！以视西方巴尔堆农、哈利卡纳苏斯陵之雕刻，以及达·芬奇之《最后晚餐》、米开朗琪罗之《最后的审判》、拉斐尔之《雅典派》、提香之《圣母升天》、丁托列托之《圣马可的奇迹》、鲁本斯之《天翻地覆》、委拉斯开兹之《火神的锻铁工厂》、伦勃朗之《夜巡》，近代若吕德之《出发》、德拉克洛瓦之《希阿岛的屠杀》、门采尔之《铁厂》、夏凡纳之《和平》、罗丹之《地狱之门》等作，真是神奇美妙，不可思议。彼有继起，而吾中断，但以吾先人之遗产比之，固毫无逊色也。然问题是现在与将来，而非既往——昔日之豪华，不能饱今日之枵腹也！

二论技巧：古人形容高贵精妙之技术，曰传神阿堵，曰真气远出，曰妙造自然；今人之所务，仅工细纤巧而已，且止于花鸟草虫；其外已少能写人像之人，少能画动物之人，少能画界画之人，少有能画一树至于高妙之人。虽多画花鸟虫鱼之人，而真精能与古人抗手者，不过三五人而已！以中国之大，人民之众，艺事之衰落，至于如此，若再不力图振奋，必被姊妹行之科学摒弃！更无望自立于国际！

吾人努力之目的，第一以人为主体，尽量以人的活动为题材，而不分新旧；次则以写生之走兽花鸟为画材，以冀达到宋人水准；若山水亦力求不落古人窠臼，绝不陈列董其昌、王石谷派人造自来山水，先求一新的艺术生长，再求其蓬勃发扬。大雅君子，幸辱教之。

一九四八年

介绍几位作家的作品

此次中国美术学院、国立北平艺专与北平美术作家协会联合举行之美术展览，其盛况无疑是空前的，各人出品皆经三团体严密审查。兹将会中最具性格之作，略为介绍，明知观者自能领会，惟以供印证而已。

叶浅予共出品六幅。叶先生为国中漫画名家，人人尽知，惟其从事国画，则近十年以来之事。漫画之课题，在找到问题核心，把握人物要点，此两课题对以抽象方式写出之中国画同样重要，故叶浅予先生之转移工作，一如美国平时工业一变为战时工业之毫不费力。此次出陈，如《负荷之苗女》之天然轻盈不假修饰；藏女舞蹈，长袖盘髻，设色稳艳，不必想象唐人；四川两位"南格劳止"神情活现，令人发笑。而最具讽刺意味者，为一大汉之改装花旦。此不需任何词句解释，画之本身便痛快说明一切，惟画之风格颇有取乎旧日纸马，一看不觉，再看则情调大变，出人意外，不但好笑，且令人吃惊，真杰作也。

李桦为中国木刻界领袖，但年来亦潜心水墨画，其抗战期间之在三湘军中所作，已有许多风景及人物之杰作，去年应聘来北平，对于北平小人物尤感兴趣。此次陈列《天桥人物》十八幅，凡看相者、卖拳者、拔牙虫者、玩蛇者等等，无一不刻画入微，动态自然，尤难在笔歌墨舞，游行自在。何必奇形怪状写罗汉，即此也是千秋不朽人了。

宗其香以中国画笔墨，用贵州土纸，写成重庆夜景。灯光明灭，楼阁参差，山寺崎岖与街头杂景，皆出以极简单之笔墨。昔之言笔墨者，多言之无物，今宗君之笔墨皆包含无数物象光影，此为中国画之创举，应大书特书者也。

蒋兆和之人物已在中国画上建立一特殊风略，其笔意之老练与墨气之融和，令人有恰到好处之感。惟其负孩之幅，人之上部倘多空五寸白纸，当尤为美满也，但其画之本身则无可非议。

李可染所写，俱墨气淋漓，精神充沛，其醉汉绝倒，不愧杰作，又山水多幅，俱有古人难到之意境。

张大千之《杨妃调鹦鹉》，乃最近寄到者，其姿态之妩媚、线条之爽利，自具大家气势。

齐白石翁之山水，顽固派多非议之，不佞却喜其独具风格，故陈其旧作一幅。

印度之苏可拉君，已在其本国建立地位，昔曾留学意大利，尤精版画，去年来中国研究中国绘事，此次出陈王青芳像，气势勇强，与其另陈之小幅印度画大异其趣。另一位印度画家周德立，为印度当代大画家囊达拉·波司先生门下，画风略为浮动，但其印度作品《甘地使命》大横幅，则殊老到也。

王青芳过度多产，淹没其长，其写游鱼实有独到之处，故陈其多幅，亦披沙拣金之意。

田世光孔雀幅与黄均仕女，孔雀幅极意经营，反逊其平时悠然自得之妙，但此精神值得提倡，且在盛年苟不从事伟丽之巨制，将后悔莫及也，惟须意态从容，不宜仓促从事耳。

李苦禅善写荷花，惟不喜唱拿手好戏。

油画在比率方面，在本展为最重，首须提出者为吴作人之《青海市集》。塞上人一见即证画中之真实气氛，其写中国中亚细亚人熙来攘往，各族人之性格与其披挂，浓艳之服饰与晴空佚荡辉映，成极明媚而活跃之画面，不足更缀以铜器买卖，此为中国油画史上重要杰作，故当大书特书者也。吴君风景作品，仍以磁器口（重庆）为最佳，笔调爽利，章法巧妙。其次则须推艾中信之《枕戈待旦》，此幅最为重要。此幅成于抗战期间，不特题旨警惕，而作风尤沉着深厚，与作者平时情调不同。画面阴沉，写出待旦光景，试以作者近作之《溜冰》合观，何其清快明丽。艾君尚有城外驼群及北平之云及写像多幅，俱是佳制；多产又多佳作如此，可寄以极大希望者也。

李瑞年为国中最大之风景画家，此次所陈之风景大画三幅，置于世界任何风景画之旁皆无愧色。齐振杞之《地摊》，完全本地风光，处置得宜，允称佳构。董希文之《潮海》，场面伟大，作风纯熟，此种拓荒生活，应激起中国有志之青年，知所从事，须知夺取人之膏血乃下等人之所为也；其《马叔平先生像》，神态毕肖，而笔调又轻快可喜；另一静物，极尽酣畅淋漓之致，不愧杰作。冯法祀格局雄强阔大，其演剧队之晨会，未免小题大做，但其色彩作法及结构皆完善美备；其另素描四幅，俱是头等作品。李宗津之《耕耘》以圆明园残迹作底，虽无如此灵动，笔法亦能动人；《叶浅予像》与《李立人像》，均极自然；其《苗民赶集》色调极雍穆有和平气象。李君之作如能再主观一些更有佳境也。土木工程工作写来甚易乏味，黄养辉所作《黔桂路》水彩画则令人起美感。杨化光女士之静物两幅皆精妙，尤以盆花为胜，与萧淑芳女士之鱼，程宝紫之红花，俱是本展静物中之杰作。叶正昌无暇作画，但其小幅风景两张，俱简练者恰到好处。宋步云之《白皮松》，妙手偶得；另一女人像亦妙。少壮作家中，戴泽、韦启美，均在本展中大显身手。戴泽之《缝工》《马车夫》，雪景及大幅《韦启美像》，色彩丰富明朗，皆许其前程远大。韦启美之《裸女之背》，色彩烂漫，《大树》则又沉雄，俱是成熟作品。雕刊殊贫乏，亦因作家太少，但王临乙之《台湾归入祖国怀抱》巨幅稿，情调适合；王炳熙之《张司令廷孟像》，精神奕奕；又刘生像作风飞动，为大会生色。其外则徐沛贞女士之一小件《苗女》尚简洁可喜。

　　学生作品值得一提者，有孙桂桐之《风景》，色调老练；卢开祥之《庭院》，章法自然；韦江凡速写《黄宾虹先生侧影》，神态毕肖，皆可称佳作也。图案方面有高立芬之地毯设计，色泽简雅。徐振鹏之田园景色，饶有意趣。孙行序之椅垫设计两种，均雅致切用。殷恭端美展广告，以浅绿投入深绛，自然鲜艳。染织多种深青间白，均高雅切用。尤以陈碧茵之利用武梁祠汉画为染织，更有以古为新之妙。陶瓷较之去年大有进步，其佳制如叶麟趾之窑变之瓶，叶麟祥白色茶壶，吴让农、吴让义之酱色盘碟，或简洁，或古雅，俱有特色也。

一九四八年

我对于敦煌艺术之看法

中华民族原较东西文明各民族少宗教意识。自汉通西域，引佛教东来，更乘六朝丧乱孔多之际，佛教得以昌盛。于是为宗教服务之艺术，改变形式，大受印度影响，其中士大夫阶级，尚有守中国原来传统之作品（如顾恺之《女史箴》，展子虔《春游》等等，假定它们都是真迹），若六朝之洞窟艺术如云冈、龙门、天龙山之属（宾阳洞高刻已建立中国风格），大抵皆染印度影响甚深。因佛教此时极发达，既刊划佛教，用其形式，当不可避免。只建筑仍中国风格，因印度用石，中国用木，虽已无六朝建筑存在，但唐建尚有，以唐推断六朝，想能仿佛。绘画则由汉人丹青，发展到唐之极度壮丽完备，我可约略与印度作一比较。吾国古人好言印度犍陀罗艺术，以我游印亲眼所见，此染有希腊坏影响之北印度艺术，可以谓之希、印两族合瓦之艺术，因其全无希腊、印度之优美，而适有各个之缺点也。此可由上海土山湾教士传授中国人油画得一概念，其中国人所画之作品，全是中西合瓦，毫无意识！印度美术与中国美术时代兴衰有相同之点，即其上古甚有创造力（阿育王时代）（西汉），中衰历五、六世纪。而极盛于七、八、九世纪（唐代）。如今日印度之伟大作品若Elephanta，Mawaripuram，Elora等地所存之雕刻，Ajanta之壁画，彼之极盛时代，与我国之极盛时代精神一致，即民族形式之形成；以印度Elephanta象庙及Elora之西梵天主伉俪浮雕（希腊王四世纪标准），与犍陀罗艺术之在北印Taxila（不久以前发掘出一世纪左右古城），以及拉合尔等大城各大博物院所藏古雕刻相比，其精粗真如珠玉之与瓦砾！因我所见大小不下数千件犍陀罗作品，三等以上之物未得见一件。若像庙之三面像及爱洛拉雕刻，伟大精妙，则是奇观，可与埃及、希腊杰作比拟也。此犍陀罗风格之被中国接受，遂致中国失去汉人简朴而活跃之风格，形成一种拙陋木强之情调。迨唐代中国性格形成，始有瑰丽之制。故敦煌盛唐作品，其精妙之程度，殆过于印度安强答壁画。

吾国自汉及宋千年文物大都毁坏，文献不足征，幸有敦煌洞窟保存得数百件完整壁画与雕刻，可考见吾国各时代之风格与兴衰之迹。而最重要，唐代中国文艺高峰之存于绘事者，可约略窥见一斑，为吾人想象不可得见之吴道子、王维高妙作品之助，而又证明借助他山，必须自有根基，否则必成两片破瓦，合之适资人笑柄而已，征之印度与吾国皆有明例也。又魏时之喃喃派（archaisme）（亦可称之未成熟之山林情调）不能比汉之喃喃派，因汉代雕刻之到达武梁祠境界，如人之已能语言，差足表情，若降而又返回喃喃情调，则有如患脑膜炎而哑者之语言表情，显出病态。敦煌北魏之飞天，不足比辽阳汉画，而盛唐供养人，则可考见中国绘画之大成。合以历世所遗卷轴观之，治中国中古艺术史，得过半矣。

研究艺术务须诚笃

研究艺术，务须诚笃。吾辈之习绘画，即研究如何表现种种之物象。表现之工具，为形象与颜色。形象与颜色即为吾辈之语言，非将此二物之表现，做到功夫美满时，吾辈即失却语言作用似矣。故欲使吾辈善于语言，须于宇宙万象有非常精确之研究与明晰之观察，则"诚笃"尚矣。其次学问上有所谓力量者，即吾辈研究甚精确时之确切不移之焦点也。如颜色然，同一红也，其程度总有些微之差异，吾人必须观察精确，表现其恰当之程度，此即所谓"力量"，力量即是绝对的精确，为吾辈研究绘画之真精神。试观西洋各艺术品，如全盛时代之希腊作品，及米开朗琪罗、达·芬奇、提香等诸人之作品，无一不具精确之精神，以成伟大者。至如何涵养此种之力量，全恃吾人之功夫。研究绘画者之第一步功夫即为素描，素描是吾人基本之学问，亦为绘画表现唯一之法门。素描拙劣，则于一个物象，不能认识清楚，以言颜色更不知所措，故素描功夫欠缺者，其所描颜色，纵如何美丽，实是放滥，几与无颜色等。欧洲绘画界，自十九世纪以来，画派渐变。其各派在艺术上之价值，并无何优劣之点，此不过因欧洲绘画之发达，若干画家制作之手法稍有出入，详为分列耳。如马奈、塞尚、马蒂斯诸人，各因其表现手法不同，列入各派，犹中国古诗中之潇洒比李太白、雄厚比杜工部者也。吾辈研究各派，须研究各派功夫之所在（如印象派不专究小轮廓，而重色影与气韵，其功夫即在色彩上），否则便不能洞见其实际矣。其次有所谓"巧"字，是研究艺术者之大敌。因吾人研究之目标，要求真理，唯诚笃，可以下切实功夫，研究至绝对精确之地步，方能获伟大之成功。学"巧"便固步自封，不复有为，乌能至绝对精确，于是我人之个性亦不能造就十分强固矣。

二十岁至三十岁，为吾人凭全副精力观察种种物象之期，三十以后，精力不甚健全，斯时之创作全恃经验记忆及一时之感觉，故须在三十以前养成一种至熟至精确之力量，而后制作可以自由。法国名画家薄奈九十岁时之作品，手法一丝不苟，由是可想见其平日素描之根底。故吾人研究绘画，当在二三十岁时，刻苦用功，分析精密之物象，涵养素描功夫，将来方可成杰作也。

诸位，艺术家之功夫，即在于此。兄弟不信世界上有甚天才，是在吾辈切实研究耳。诸位目今方在二三十岁之际，正当下功夫之时期，还望善自努力也。

一九二六年

艺院建设计划

一、弁言

举人所需，必推衣食。顾衣食者，乃免死之具，而非所以为生也。人生端赖生趣，生趣云者，乃人之官能得备有其职司，尽其长，扬其功，于是体质强健，精神康泰，愉悦安乐，而得大和，克称有福。夫善理国者，使人民各享其福云耳。人之伟者，乃发挥其能力之优，与人以福云耳。故至德峻极，悦吾神明；美味妙香，恣吾尝向。莅壮举巨观，则喜跃忭舞；处迅雷风烈，则身震心惊；视惨剧而神伤，感悲情而陨涕；见冤抑而愤怒，聆快语而气旺；析明理而忧为之忘，接高论而痛为之慰；睹奇构妙造，则凝神一志，似积绪咸宣；听黄钟大吕，则心花怒放，魂魄展扬，颠颠印印欲忘其所以。是故诗歌音乐、绘画雕塑、建筑舞蹈，皆至人杰创，为吾暴其情者。复以一切科学，为吾人之御，用知识万有。于是乐而不淫，哀而不伤，应造物之变有方，捍毒厉之侵得术。动用周旋，俱中乎礼；起居服食，适合有节。呜呼噫嘻，所谓文明者非耶！特人不能择地而生，国不能就欲而据，人事日繁，遂渐忘所以为生之道。于是人习于暴，则以杀为乐，习于诞，则以凌为荣。德之贱者，若偷若惰，若佞若妄，若愚若顽，各缘机以生，岂情之正哉。是未识治而为政者，尸其咎也。夫科学之丰功，美术之伟烈，灿烂如日，悬于中天。而人方呻吟痛楚嗫嚅于幽黑秽臭之乡，不伸手仰目与之接，是愚且鄙，甘自委弃者也。法庚款委员会诸君子，既建设各学院，俾吾人研精致用之学，为人类防御，敢为艺院计划，陈于君子之前，求实行之，令吾人耳目娱焉，所至幸也。

二、美术院初建时之收藏

　　物之最宜人者，莫逾于美色妙像。故至人得其机造，兴其所感，令之永停，人乃得随时感其妙感，是绘画雕塑之能也。吾先人性嗜毁坏，灭大奇伟构，不可胜计，致世之研究中国文物者，只神往于章句记载之间。如阿房，早失其迹；既欲一见顾（恺之）陆（探微）张（僧繇）阎（立本）吴（道子）曹（霸）王（宰）郑（虔）真笔，不可能也。人情喜畅，诣贵至，故举人必推孔子，举文必称左、庄、屈、马，论诗必诵三百篇，言力勇必称乌获、孟贲。欧人亦然，如荷马、菲狄亚斯、唐推、莎士比亚、莫里哀、米开朗琪罗、达·芬奇、拉斐尔、委拉斯凯兹、伦勃朗等流泽广被。举其名，似曾相识。良以人情物象，至复且赜。苟非圣人，罔克尽宣。故名人一画，价逾亿兆，残稿简描，亦等球圆。无他，因其皆为人类偶然撷获之妙像也。若悉如吾先人之嗜观火，举而尽烧之，虽世界今日，谓之无文明可也。但美术史上诸巨人真迹，欧人数世珍护，竭力搜求，尚可考览。其存者已成各国国宝，间有藏在私家者，无论其无缘出售，即有之，吾人亦乏此物质能力，可资据有。无已，仅能以副本餍吾愿望而已。故一美术院所纳，悉系副本，其为慰情，良叹不足。幸也百年中乃挺生巨人，其为艺，可抗颜菲、米；其为力，可颉颃贝多芬；其著之多，直凌驾一切塑师，此法国大塑师罗丹是也。其遗命，悉以其著作模型赠与国家，国家为建专院陈其杰作。吾人既得赞美其艺，更得购致而据有之，噫嘻盛哉。

　　罗丹为世间三百年来第一塑师，其艺与古希腊之菲狄亚斯、意大利文艺复兴时代之米开朗琪罗鼎足而立（一八四〇年生于法京，没于一九一六年）。其艺由极强固之写实主义，入于缥缈寥廓之理想界。晚年所雕，俱微妙至极，开梦境诗境之门，得像与状神理，雕刻中向所未有者也。其价值已为全大地赏鉴者共认，无俟赘述。谨以其最脍炙人口之大作影本附后。

鄙意以为必欲致之者，忆1925年夏，吾游其院，询铸价时，司事者指《加莱义民》及《亚当》，谓吾曰："此日本某定铸者也，一星期后上船东行矣。独吾国人无此眼福。吾心诚，要亦中法诸同人共有之憾也。

三、目次如下

1. Les Bourgeois de Calais（加莱义民）

2. La Porte d'Enfer（地狱之门）

3. Adam（亚当）

4. L'Ombre（幽灵）

5. Apollo（阿波罗）

6. Penseur（沉思者）

7. L'age a'arain（铜器时代）

8. Saint-Jean（圣·让）

9. Balzac（巴尔扎克）

10. Victor Hugo（维克多·雨果）

11. Le Baiser（吻）

12. Centaure（马怪）

13. Femme coueh'ee（睡女）

14. Vieille femme（老妇）

15. Buste de Jean-Paul Laurens（让·保尔·罗郎胸像）

16. Buste de Dalou（达鲁胸像）

17. Buste d'une femme（一个女人的胸像）

18. Buste et Puvis de Chavanne（夏凡纳胸像）

19. Ugolin et ses enfants（于各林和他的孩子们）

20. Un Italien（一个意大利人）

罗丹杰作皆系原本，有此二十大著，已得其粹，可容两大室，是人类之光，不仅为法国艺术之荣也。

希腊古作模型：

21. Les frises du Parthénon（巴尔堆农浮雕）

22. Flora FarnSse（法尔内塞的花神）

23. Hermés de Praxitele（普拉克西特列斯的海尔梅斯）

24. Eirene et Ploutos（埃莱纳与普路托斯）

25. Venus de Milo（米罗的维纳斯女神）

26. Faune de Praxitele（普拉克西特列斯的牧神）

27. Venus de Cirène（昔兰尼的维纳斯）

28. Niobe et sa Plus jeune lille（尼奥伯和他的小女儿）

29. Apollo du Belvedere（贝尔维德尔的阿波罗神像）

30. Alexandre mourant（濒死之亚力山大）

31. Victoire de Samothrace（萨摩特拉斯的胜利女神）

32. Lottatori（斗士）

33. Gollo moribondo（濒死的高卢人）

34. Discobole（掷铁饼者）

35. Le Laucoon（拉奥孔群像）

36. Nilo（尼罗）

37. Diane chasseuresse（女猎神狄安娜）

38. Apoxyomenos（清嗓子的人）（古希腊雕像）

39. Gradiateur（授勋者）

40. Galloe Sposa[卡罗之（妻）新娘]

41. Hercule（海格立斯）

42. Arrotino（磨刀工）

43. Homere（荷马）

44. Amour et Psyche（爱神与普赛克）

至如埃及美术中之王后（藏卢浮宫），亚述美术中母狮（藏伦敦不列颠博物院），又如米开朗琪罗杰作主要者十余种。如摩西、大卫、奴隶、圣殇、罗伦佐、美迪奇陵上雕像等等，均艺史上之大奇，不可不购其模型者也（合前约三万金）。画中大奇，世有三家，摄影所皆全而不缺。在意有An-derson，在德有Hanfstenge，在法有Braun，以法国者为最佳，价亦最昂，聚之千幅（约四五千金）大致已备，非难举之事也。

意大利今健在之美术家如塑师彼斯笃菲、湛内里，其作不可一世，如有缘得其作品或副本，均足为本院之荣。艺院既建，学子就学有所，庶几有真艺人真艺术产生。否则才也弃不才，而不才者信口胡吹，永成无艺术而浑沌之世。可悲孰甚，可耻甚耶（中国固有之艺，非借特殊设施不能再兴。吾之计划，实间接能令中国文艺之复昌）。

近代美术院缘起

夫民既呻吟、劳瘁于其有涯之生，必当休息、娱乐，以养其操作之力，故为社会教育者因利而导之。先正其视听，予以慰抚，宣其情意，使之流畅、习于安和，从容中道，而群以治。譬诸植木，土壤既宜，雨露畅若，其发荣滋长，可预断也。稽吾往古盛世之隆，则礼乐咸备。考诸邻邦，则一切美术院、博物馆、音乐会、剧场之设不特昭示其国之文明继长增高，即用以教育人民，乐和大众，于是，生趣洋溢，而国昌盛。兹数者虽效率均等，唯美术院示人以色，有目共见，不需修养而民咸集。如法之卢佛尔及卢森堡画院，英之皇家画院及塔特画院，人之趋赴，肩摩踵接。叩其所以，未必人爱美之心大有加于我，盖劳动者之必息，而美术之陶冶情性乃为息之至大者也。吾国自革命以还，奠都南京，泱泱大邦，世所瞻视，政府所在，机关林立，独无美术院之设，似今日华夏，不足征焉，诚文明之所羞。于是，民众之游息罔知所向，识者憾焉。同人不敏，窃视为急要之图而为之创。唯念灿烂之花皆以瓣聚，江海之水集自细流。倘蒙大雅君子予以援助，或锡以基金，或付以名著，匪唯艺林沾溉，亦福利全民者也。是为启。

任伯年评传

任伯年名颐，浙江萧山人，后辄署名"山阴任伯年"，实其祖藉（籍）也。其父能画像，从山阴迁萧山，业米商。伯年生于洪杨革命之前（一八三九年），少随其父居萧山习画，迨父卒（伯年约十五六岁）即转徙上海。是时任渭长有大名于南中。伯年以谋食之故，自画折扇多面，伪书"渭长"款，置于街头地上售之，而自守于旁。渭长适偶行遇之，细审冒己名之画实佳，心窃异之，猝然问曰："此扇是谁所画？"伯年答曰："是我爷叔。"又问曰："任渭长是汝何人？"答曰："是我爷叔。"又追问曰："你认识他否？"伯年心知不妙，忸怩答曰："你要买就买去，不要买即算了，何必寻根究底。"渭长夷然曰："我要问此扇究竟是谁画？"伯年曰："两角钱哪里买得到真的任渭长画扇？"渭长乃曰："你究竟认识任渭长否？"伯年愕然无语。渭长乃曰："我就是任渭长。"伯年羞愧无地自容，默然良久不作一声。渭长曰："不要紧，但我必欲知这些究谁所画？"伯年局促答曰："是我自己画的，聊资糊口而已。"渭长因问："童何姓？"答曰："姓任。当年习艺，父亲长谈渭长之画，且是伯叔辈。及来沪，又知先生大名，故画扇伪托先生之名赚钱度日。"渭长问："汝父何在？"答曰："已故。"问："汝真喜欢作画否？"伯年首肯。渭长曰："让汝随我门学画如何？"伯年大喜，谓："穷奈何？"渭长乃令其赴苏州从其弟阜长居，且遂习画。故伯年因得致力陈老莲遗法，实宋以后中国画正宗，得浙派传统，精心观察造物，终得青出于蓝。此节乃二十年前王一亭翁为余言者。一亭翁自言，早岁习商，居近一裱画肆，因得常见伯年画而爱之，辄仿其作。一日为伯年所见而喜，蒙其奖誉，遂自述私淑之诚。伯年纳为弟子焉。

任氏画皆宗老莲，独渭长之子立凡学文人画，不肖其父、其叔，浮滑庸俗。其于伯年造诣，不啻天渊。伯年学成，仍之沪。名初不著。有人劝其纳资拜当时负声望之老画家张子祥（熊）。张故写花鸟，以人品高洁，为人所重。见伯年画大奇之，乃广为延誉。不久，伯年名大噪。

伯年嗜吸鸦片，瘾来时无精打采，若过足瘾，则如生龙活虎，一跃而起，顷刻成画七八纸，元气淋漓。此则其同时黄震之先生为余言者。

伯年之同辈为胡公寿、钱慧安、朱梦庐、舒萍桥，其中胡公寿为文人，朱、舒皆擅花鸟，但均非伯年敌手。

伯年之学生有徐小仓、沙山春、马镜江。小仓、山春皆早逝，镜江亦不寿，有《诗中画》行世。倘天假彼等以年，可能均有成就。后有倪墨耕，民国初年尚在沪鬻画，不过油腔滑调而已。伯年卒于光绪乙未（一八九五年）。伯年有一子一女。女名雨华，学父画，甚有得，适湖州吴少卿为继室，吾友吴仲熊君之祖也。吴少卿毕生推崇伯年，故断弦后婿于伯年，雨华无所出。伯年逝世（一八九五年）时，其子堇叔年才十五，故遗作皆归雨华。雨华卒于民国九年（一九二〇年）。余居上海，与吴仲熊君友善，过从颇密。仲熊知吾嗜伯年画，尽出其伯年父女遗迹之未付裱者，悉举以赠，可数十纸。后吾更陆续搜集，凡得数十幅精品，以小件如扇面、册页之属为多，其中尤以黄君曼士所赠十二页为极致。今陈之初先生独具真赏，力致伯年精品如许，且为刊印，发扬国光。吾故倾吾积蕴，广为搜集附之，并博采史材，为之评传。

吾于一九二八初秋居南京，访得一章敬夫先生之子，延吾往其家（玄武湖近）观伯年画。盖其父生平最敬伯年，又家殷富，故得伯年画颇多。记其佳者有《唐太宗问字图》，尚守老莲法，但已具后日奔逸之风。又《五伦图》，花鸟极精。又《群鸡》，闻当日敬夫以活鸡赠伯年，伯年以画报之者。此作鸡头为鼠啮，敬夫请钱慧安补之。均佳幅。惜敬夫夫人过于秘守，不肯示人，且至当时尚未付裱，故无从得其照片。

抗战之前，余闻陈树人先生言，其戚某君居沪藏伯年画达七八十幅，中多精品云。吾久欲往沪一观而未果，今已不可能，因树人已下世，无人为介，且亦不得主名也。

学画必须从人物入手，且必须能画人像，方见功力。及火候纯青，则能挥写自如，游行自在。比之行步，惯径登山，则走平地时便觉分外优游，行所无事。故举古今真能作写意画者，必推伯年为极致。其外如青藤、白阳、八大、石涛，俱在兰草木石之际，逞其逸致之妙。而物之象形，固不以人之贵贱看，一遇人物、动物，便不能中绳墨得自然法，而等差易其位也。当年评剧家之推重谭鑫培之博精，并综合群艺，谓之"文武昆乱一脚踢"。伯年于画人像、人物、山水、花鸟，工写、粗写，莫不高妙，造诣可与并论。盖能博精，更借卓绝之天秉，复遇渭长兄弟，得画法正轨，得发展达此高超境界。但此非徒托学力，且需怀殊秉。不然者，彼先辈之渭长昆季曷无此诣哉？

一九二八年夏，吾与仲熊同访董叔先生。董叔工韵文，而书学钟太傅，亦是人物。曾无伯年遗作，但见伯年用吾乡宜兴陶土塑制其父一小全身像，佝偻垂小辫，状至入神。蒙董叔赠伯年当年摄影一纸，即吾本之作画者也。董叔于十年前病故，民国卅年（一九四一年）左右，其后嗣尚作与吾论证其先人之文，可见其后至今尚昌士也。

忆吾童时有一日，先君入城，归仿伯年《斩树钟馗》一幅，树作小鬼形，盘根错节，盖在城中所见伯年佳作也。是为吾知任伯年名之始。

计吾所知伯年杰作，首推吴仲熊藏之五尺四幅《八仙》，中之韩湘、曹国舅幅，图作韩湘拍板、国舅踞唱，实是仙笔，有同之初藏之《何仙姑》。吴藏尚有八尺工写《麻姑》，吾昔藏九老（今归前妻蒋碧微），皆难得之精品。尚见一四尺画两孩玩玻璃缸内之金鱼，价重未能致。又一素描册，经吴昌硕题，尊为"画圣"。若册页，则经子渊藏有十五纸，中有四纸可称杰构，已由上海某处精印印行。有正书局亦印出与吴秋农合册，中之八哥，可与之初藏之飞燕、鹦鹉、紫藤等幅相比。此等珠圆玉润之作，画家毕生能得一幅，已可不朽，矧其产量丰美，妙丽至于此哉！此则元四家，明之文、沈、唐所望尘莫及也！吾故定之为仇十州（洲）以后中国画家第一人，殆非过言也。伯年为一代明星而非学究，是抒情诗人而未为史诗，此则为生活职业所限。方之古天才，近于太白而不近杜甫。

与伯年同时代世界画家之具有天才者，如瑞典之佐恩、西班牙索罗兰、伊白司底达，俱才气纵横，不可一世，殆易地皆然者。至若俄国列宾、苏里科夫，法国倍难尔，荷兰之伊司莱，德国之康普、李卜曼，瑞士霍特莱等，性格不同不得相提并论。

忆吾于一九二六年春，持伯年画在巴黎示吾师达仰先生，蒙彼作如下之题字：

  多么活泼的天机，在这些鲜明的水彩画里；多么微妙的和谐，在这些如此密致的彩色中。由于一种如此清新的趣味，一种意到笔随手——并且只用最简单的方术，——那样从容地表现了如许多的物事，难道不是一位大艺术家的作品么？任伯年真是一位大师。

达仰，巴黎，一九二六年

达仰为近代法国大画家之一，持论最严，其推许如是，正可依为论据也。

一九五〇年庚寅冬日
徐悲鸿写于北京八十七神仙残卷之居

达仰先生传

吾于一九一九年春间抵欧。既居法，日向各博物院探览珍奇，尤以鲁勿、卢森堡一古一今两大美术馆为吾醉心向往之所。得间，即置身其中，流连忘返。于古则冥心追索，于并世艺人则衡量抉择，求觅师资。盖世无圣人，固不当在弟子之列，而群峰竞秀，颇眩惑其缥缈之奇。于是，《林中》《降福之面包》作者达仰先生乃为吾最倾倒景慕之画师。翌年十一月，因大雕刻师唐泼脱之夫人绍介而受业于其门。并世艺人，在德若迈尔、康普，在意若爱笃尔低笃、薄尔提尼，在英若西姆史、勃郎群，在比若弗来特里克，在法当时则如薄奈、罗郎史、莱而弥忒及风景画家莫奈，今皆逝世。倍难尔、夏拔皆吾心仪，推为第一等作家者。而先生思想之高超，作品之华贵，待人接物之仁智诚信，吾尤拳拳服膺，永矢弗渝者也。

先生今年七十六，一八五二年二月七日生于巴黎。十七岁学于美术专门学校热罗姆画室，一八七六年罗马大奖竞试仅列第二。翌年去校，顾已历陈守古典法则之作于国家展览会，为世知名。维时与其友白司姜勒班习（已逝世四十余年，实创外光派之巨子，其作精妙绝伦），皆喜荷尔拜因者也。

自一八七九年始，先生迭以写实之作大为世人注目，如《摄影人家之婚礼》《穷祸》《种牛痘》《新人婚前之祈福》《饮马》，皆为各博物院罗致以往。

先生杰作《降福之面包》，实为写实主义入理想界之开山，其思入神，其笔尤妙尽精微（一八八六年此画为国家购入，纳诸卢森堡美术馆）。逮一八八九年游布列塔尼（法西境，其俗敦朴，纯乎古风），旋写《征兵》《圣母》《最后的晚餐》（达·芬奇曾写是题于意米兰，今已垂毁，其外古今所作，未有及此者）。益以此作风显著，华妙精卓，沁人心脾。嗣后求写像者众，杰作孔多，如《服尔德姑娘像》，并生动秀杰，呼之欲出，信乎不可思议已。

先生著作等身，历数其题将盈数页，兹不备论。自前年六月，先生乃着手一大图，写至今年四月，尚未竣事，吾以东归，强请于先生而观之（画未成，例不示人），盖工已届十之七八矣。华妙壮丽，举大地古今画中大奇二十幅，必不能遗此作。吾梦魂颠倒，必欲令此奇美入于中国，现于吾沉痛呻吟国人之前，宣其酸楚。今也尚无何方容吾有启齿建议之机者，吾国人其终无此眼福乎？千人诺诺，不如一士谔谔，惋惜何似。先生于一九〇〇年与麦索尼埃、夏凡纳、罗丹、莱而弥忒、倍难尔等二十人建立国家美术会（盖鉴于官僚性质之法国艺人会之无能为），艺界倾向为之一变。先生之学，其守曰诚，其诣曰华贵，曰精微，容纳他人之长，而不主成见，教人务实、务确、务大，故抑丢勒之杂，而好荷尔拜因之简，谓其能赓意大利复兴诸家之调。尤以写光擅称，而绝蛊惑人视觉之小巧。其名论甚多，当续刻于本师语录中。

先生惟有一子，死于此次大战。暮年与夫人形影相依，过从者皆年七八十之老友。先生至勤于业，未尝轻掷片时，家事悉委之于夫人。前年严冬，先生病甚，几不起。少瘥，余乃入其卧室访之。先生曰：终日营营，颇觉小病佳趣，小病转得读闲书，逞冥想。夫人则在旁哂之，为景殊韵。去年十一月，夫人亡，先生神伤啜泣，孑然于家，殆无生趣。旋其老友服尔德先生亦逝，先生益茕茕寡欢，恒谓：死，归也，所惜欲宣未竟，将终吾力而后已。先生尚有挚友二：其一曰安弥克先生，著作家，鉴艺之精，吾所罕见。蓄先生精作最多，已建专院于巴黎郭外之香低怡，授国家保守。一勒葛郎，建筑师，皆慰先生茕独者也。

先生为画师泰斗，负艺界众望，当世大画家若末于念、亚特贲，皆先生弟子，游其门者不可胜数。千九百年被选为学会会员，十五六年前已为意大利佛罗伦萨之乌飞齐宫征像（盖艺人之圣庙，其中自十五纪以来如达·芬奇、米开朗琪罗、拉斐尔、萨托、委拉斯盖兹、伦勃朗等，皆有自写像藏其中）。既享盛名五十余年，琴瑟攸好，又无物力生活之不足，吾古人所谓富贵康宁攸好德考终命者，先生皆全而不缺。顾先生既寿,乃不足为先生福。先生之生,惟为艺人存良范,增艺史以奇美而已,为人类养尊树功而已。先生则日以道孤侣尽,滋其悲怀。故先生晚近所作,多兴盛于哲理宗教之题,奏笙歌于云表天人之际,芒乎昧乎,未之尽者,优哉游哉,聊以卒岁。先生其无情耶!吾境太迥异,少读书,且年事浅,未足以知先生至于此也。独仰先生孔子之流也,菲狄亚斯之流也,达·芬奇之流也,巴赫、贝多芬之流也。欲不师之,又焉得已。抑吾既久沾时雨之化,沐春风之和,苟有所树,敢忘其本。忆八年前任公东归,寄吾书瑞士曰:榛苓西美,实赖转输。吾苟负此使命者,敢遗其至人,敬为先生传。

泰戈尔翁之绘画

泰戈尔翁行年六十余，始治绘事，及八十岁时，凡成画两千余幅，巴黎、伦敦、莫斯科皆曾展览之，脍炙人口，不亚于其诗（闻翁之盆敢利文诗，尤美过英文诗，近代盆敢利语，实翁为之改进者），因诗尚有文字之扞格不能读者，若画则为人类公共语言，有目共赏也。二十九年十一月，余向翁辞行，欲返南洋时，翁病初愈，僵于卧椅，郑重谓余曰：汝行前，必须为吾选画。于是吾与囊答拉·波司先生（国际大学美术学院院长），箕踞其厅事，整两日，将其各类作品，细检一通，得精品三百余幅，最精者七十幅，将由"国太"出版，故得而论之。

翁为印度当代最大作曲家之一，有歌曲三千余首，凡印度识字之人，未有不能歌翁之歌曲者。翁一生时间，大半沐浴于大自然之中，与日月星辰、山川草木、鸟兽鱼虫、奇花异卉相习，具有美之机心，而与自然同化。翁之侄安庞宁少翁六岁，为今日印度画坛之元首，而被尊为印度近代绘画之父者也，人得其片纸，视同珍奇。国际大学，收藏极夥，举凡昔蒙古朝时名作，及并世投赠翁之杰作，数量甚富。翁又涉历全世界，欣赏绘事。但翁作画，则全以神行，恒由己出，妙绪纷披，奇情洋溢，无利害得失之见，故远于毁誉之担心，不兴工拙之操算。

施于陶瓷之绘，或美石组成之摩色画、波斯良工织就之毡，均能启其奇思。所用作具，无论中国或日本制之纸墨，或西洋画师用之水彩色粉铅笔条或油色，其重叠堆积，各色杂糅，毫无顾忌，彼所需者，为合于心量轻重之色泽，其材料之如何调和，不获措意也。其兴也，若因风动念，忽见一马，后有牛，便可连串，或忆鳄鱼。而骆驼经其前、戴胜复降于旁者，则斑驳离奇，允称盛会。其人既据平等而观，又施赤心而爱，一视同仁，无暇区别。人与蛇相处，既无所不可，而柳生于肘，亦事属可信，朝霞贻之辉，繁星寄其响，其浩然之气，运行激射于上下四方古往今来者，既不可捉摸，往往于沉吟之际，咏叹之余，借片纸申之。或支一直鼻为墙，或放其美髯为泉，或折螳螂之股为堤，或据巨灵之膝为堡垒，或从钢筋三合土上，栽于忒莱亚兰花，或就处子云鬟，架起机关枪炮，飞西瓜于逆旅，送琼浆与劳工，假寝床于巨蚌，夺梅妃之幽香，食灵芝之鲜，吻河马之口，绝壑缀群玉之采，茂林开一线之天，利水渤之积，幻为群鸿戏海，连涂改之稿，演出恐龙之崩山，凡此诡异变化，不必严合不佞荒唐之辞。惟翁智慧之休息，仍余情袅袅清音闪眸，遂觉于歌尚欲求工，东坡未泯迹象。顾翁之游戏，初未尝背乎自然，而复非帝定之矩矱者，如法德近三十年来之鄙夫，工为机器制成之石斧，而卖弄玄虚，争利于市，借口摆脱一切形式束缚者，其天真与作伪之距离，诚有霄壤之别也。

在中国科举时代，极多思虑不精，为资颇陋，所见不广，托兴不高之文人，好弄翰墨，号曰写意。夫画能写意，岂不大佳？顾此辈痞寐所求，不过油腔滑调，饰言奇笔，实乏豪情，妄欲与作家（匠工）争一日之长，以自鸣其雅，致文与可、倪云林、徐文长、金冬心等蒙不白之冤。其托庇之不肖，惯于班门弄斧，并全昧之龟手药之用，抑何可怜也。千古王维，能多遇乎？吾恐泰戈尔翁日后被人倚为口舌，爰不惮词费，于文后赘之。

一九四三年

| 艺术传真 |

致舒新城

（三十四封）

一

新城先生惠鉴：

大作四幅谨拜收，感谢，七十幅已摄出否？弟欲以四百种世界美术之大奇杰作，托贵局精印，取名《空青》（即世可无瞽目之意），又以美术史贯串之，每图有释，并附作者小传，较之笼统之美术史可为言之有物。内容如下：

绘画自十五世纪至于现在（约三百四五十幅，皆在欧洲著名博物院中者）。

雕刻自埃及以来至于现在约四十幅（以希腊为主体）（在教皇宫、英大不列颠、法卢浮尔等处所藏）。

建筑如希腊Parthénon戈帝克式教堂，米兰、罗马等著名大教堂，巴黎歌剧院等等，约十余幅。

一年半内须印成。

版税百分之十五。

此书须多登广告，至少每一图书馆，每一中学校可购一部。

样张已印过一二十张，尚可用，尊意如何?敬颂

近祉！

弟悲鸿顿首
（一九三〇年）三月三十一日

幼□舜生

两兄如见并此，敬意

二

新城先生惠鉴：

《西洋美术史》大纲，本拟在暑假内草成，再以两月修订俾能奉缴。奈暑假内适内弟殂于庐山，为治其丧营葬，往返几去一月，神志大为所挫，兹仅写成一半，至少需两月方能毕事，拟先以图付照，庶几不误时间。惟弟尚有所陈者，则酬报一节仍抽版税，其百分比例，求与贵局最优者相等，恳为鉴夺。来书系亲笔签字，殊怀疑怪！东游已归，抑暂缓耶？幸示一二。敬颂

近祉

悲鸿顿首

（一九三〇年）十一月一日

再者，弟拟两星期后来沪一行，前画七十余幅，恳饬从速摄出，俾易新稿，弟来拟面取也。

悲鸿又及

三

新城吾兄惠鉴：

手书欣悉。何日入都，准备欢迎，白华新居已竣，比已迁往。台从早来，当能同去热闹也。暑间赴庐，途中遇一周君涤钦，系慷慨有为之士，彼有文一篇，愿登尊处《教育界》谨奉审查，如蒙刊载，有所酬报，请径寄安徽省农民协会周涤钦君收；如以为无用，亦请寄还原稿。拜祷！拜祷！

此颂

著安

弟悲鸿顿首

（一九三〇年）十一月十二日

四

新城吾兄惠鉴：

　　明日太太入都矣，小诗一章写奉，请勿示人，或示人而不言所以最要。弟等同居之法人（Reclus）先生，系法国世家，以音乐名，来华任教三年，经验颇富，曾选近世法文一册，精释文句语法及文法，非常完善。前商务曾欲印之，以版税问题未能成交。如尊处能用佳字，不厌校对之烦（彼欲自校，至不错为止），彼可托人将稿奉览。目下习法文者甚多，苦无善本，此册殆至需要，乞兄酌夺，赐复为祷。书寄大学。此颂

近祉

悲鸿顿首

（一九三〇年）十二月十四日

La Decembre（十二月）幅即慈姑，足下能令人五色精印否？亦祈复我

五

新城吾兄：

　　示悉，伯鸿先生画，不日即寄奉。拙集视描集大小或更大些。制珂罗版，其价当然在两元以外，其宣纸精印者，尚须编号（在册前注明此册系二十册中第几号）自一至二十并须由作者署名盖章，以示名贵。此类把戏，欧洲习见之（如《散原诗集》大可如此做，

因彼声望足以号召也），其价至少四元，由贵局开风气，不亦可乎！惟恳足下饬工用心工作，拜祷。再者，敝校西画组学生拟旅行日本，因困于资，弟曾以《初伦集》初版交彼等推销三五百册，而冀获半价之利，此事前曾与兄言之，今彼等距行只有两月，不识此书能在此期内作应用否？明日有一英伦敦大学教授请观拙作，在尊处者未能携回颇窘。再者，此间傅延文君肄业史家系，前著《皮球传》（已刊出获嘉誉）大为谢寿康激赏，许为未来之大小说家。曾觉之兄亦推重之，今又著《沙白》一册，都十万字。拟求尊处为之发行，奖掖后进、鼓励创作。兄所乐为。如何？乞赐一复。此颂

近祉

悲鸿顿首
（一九三一年）三月二日

六

新城吾兄惠鉴：

手教所论甚是。中国今日西归之作家（指西学真有根底者），如移接未善，长成花果，恒失本性，此盖由衰落太久，而又缺乏美术观念（如Style）所致。清通只能写信，若著书立说，虽做一册算术教科书，亦须斟酌字句。以欧洲论殆莫不然，所谓名山事业，非可造次出之者也。尊处苟能注意于此，弟极表同情，惟必须态度谦和，征得著作同意，因居外留学久者，除如汪精卫辈，人皆以求新知为务，有十年不接近中国语言文字者（恐盛成兄已然），其对于国文之荒芜自无待言，一旦握笔宁能如意，此固不能责之留学生。即以严又陵而论，彼之《天演论》，亦非乍自英伦返国时所能译至如此，所谓圣人无全能也。侯君书当转去。来书书法甚美，似出有意。书价不日如命送去，感谢。一样纸奉上，惟祈从速做好，拜祷，拜祷！

敬颂

近祉

弟悲鸿顿首
（一九三一年）三月九日

七

新城吾兄惠鉴：

弟居庐山一月，碧微悔祸，携儿而往，因暂返宁。事犹不知如何?友人张惠衣先生邃于国学，此次在考试院襄助，闲置一月，既出而事皆失机。张先生为人诚笃，而文采焕然，足下倘有能为力之处，务请臂助，感同身受。兹敬托携白石翁画册底稿一函，并画一幅，请即付制玻璃版，拜祷，拜祷！

敬候
近祉

悲鸿顿首
（一九三一年）八月三十日

齐白石翁画稿，大小殊不一致，可嘱制版处以意将其两长幅或两扁幅合成一版。尚有题签、序文等物，容续寄。版制成后，由弟编次第。

另，画请摄制时小心，勿令污损。摄毕即欲存尊处，拜祷！

悲鸿又及

八

新城吾兄：

惠书敬悉，奉答如下：

《空青》四大册，凡欧洲自埃及以迄现代，一切绘画、建筑、雕刊中之大奇杰作，咸提尖罗致，计四百幅。已印出之样本，约有百四五十张，及付制版之西洋画百余页，俱此中材料。

　　说明及作者传记，皆将由弟书之于样本上，俾免错乱。倘版完全制成，说明至多三月，便可竣事，因弟早已预备也。

　　《美术史》不久可以脱稿。前项制成之版，可以引用，惟《美术史》中所举，未必尽是杰作，故尚有多量照片，次第奉寄。

　　《齐白石画册》此册弟向兄早已几次商量讲定，制玻璃版、抽版税。尚有序文、题签、传记（王闿运作），未寄奉。

　　《悲鸿画集》本定今年五月出版，因尊处忙迫延迟，目前请兄饬将竣二种赶快出版，其余一百余页照片，亦从速制版。此函请交吴廉铭先生。

弟悲鸿顿首
（一九三一年）十月十五日

九

新城吾兄：

　　……

　　不了，弟坐正厅，看得亲切，奈何奈何！白石翁画集序文，请饬检寄弟一阅，以其中发觉有错字也。

新城吾兄、廉铭先生并此。

悲鸿
（一九三一年）十二月十五日

　　此弟客串之作，用散氏盘字。

十

新城吾兄足下：

　　战后兄状何似？弟以无所作为来平小住，拟乘机编未竟之书，而引领南天，繁市沦于烽火，人民荡析流离，良不胜其恻恻！北人懦弱性成，积威久处，有如鼻涕烂倒缠绵，告以十九路军如何奋勇杀敌，长江如何之巩固，皆怀疑不肯信，可叹可叹，其心死矣！白石画册，倘有样本，乞寄此间（东堂子胡同二十七号）。幼□南行乃未前知，乃抵未晤，良用怅怅。相见乞致意，不尽一一，惟祝

俪福

　　此时在镇江否？

悲鸿顿首
（一九三二年）正月八日

廉铭、瑞华，两先生并此致候。

十一

新城吾兄：

　　弟此时居适之家，志摩当日故室，实深感伤！适之患盲肠炎，割治已三日且愈，告沪友人勿念也。中华幸尚未迁往新所，可云天幸。但老厂已卖去，得延期否？（正在办交涉，不知结果如何？）以此观之，在租界必将保留一部，以际万一之变。乞示近状（私事）。并祝

万福

弟悲鸿顿首
（一九三二年）正月十四

十二

新城吾兄惠鉴：

　　弟归来已半月，差幸无恙，堪以告慰。成中兄此时舍北大教职，而入十九路军从戎，壮志可佩，近以其抗日以来各种文件汇刊成集，名曰《血潮汇刊》第一集，已托罗吟圃先生向尊处接洽，让与发行，幸我兄促其成，成中并拟请兄往前方讲演一次关于今日教育问题，赠旅费百金，想兄已俯允也（注：揣其意补足）。此颂

近祉

悲鸿顿首
（一九三二年）四月十九日

十三

新城吾兄惠鉴：

　　前承允为慈刊集，感荷无量。知真赏不必自我，而公道犹在人间，庶几弟与慈之诚得大白于天下也。兹嘱其携稿奉教，乞予指示一切！彼毫无经验，惟祈足下代办妥善，不胜拜谢。此颂

日祉

弟悲鸿顿首
（一九三五年）三月十五日

十四

新城吾兄惠鉴：
　　寿昌入狱，弟早闻，即投函叶楚伧，乞其缓颊，又请之道藩，藩言党中对之不满，言张同志近不服务党部，专做好人云云。盖因寿昌色彩关系急切，实无办法，且言党中或者将他略关一关，消消气。至于优待，早已告沪方办到矣云云。弟因居室当日监工随便，两年未修理，一月以来又欲倾家荡产，惟恳足下就近为弟填二十元给前方，俟弟至沪面还。忙得不了，殊无意味。敬颂
近佳

弟悲鸿顿首
（一九三五年）三月十五日

十五

新城吾兄惠鉴：
　　慈返，已为弟道及见兄情形。承兄为作序，深致感谢。慈所写各幅，已经弟选过。狮最难写，两幅乞皆刊人。孩子心理，欲早观厥成。彼闻足下言"徐先生的东西一摆两三年"，大为心悸，特请弟转恳足下早日付印，愈速愈好。想吾兄好人做到底，既徇慈情，亦看弟面，三日出书，五日发行。尊意如何？至于捉刀一节，弟意不必，盖文如兄，自然另有一种说法（一定是一篇情文并茂之好文章），比弟老生常谈之为愈，亦愿赶快写出为祷！此举乃大慈大悲之新城，池中有白花，其光芒应被全世界！样本等等，乞直寄中央大学孙多慈女士收为祷！
　　敬候

撰祺

弟悲鸿顿首
（一九三五年）四月十一日

莘人先生、廉铭先生，并此致意。
她述学一篇要兄逼她写才行

十六

新城吾兄惠鉴：

慈集能速赶，最所切盼！因此事关系其求学前途，弟初意倘在此时画集印成，便分赠中比两方委员（本月开会决定下年度派赴比国学生名额），弟虽已分头接洽，但终不如示以实物坚其信念也。慈不日即返安庆，嘱弟代办一切，还恳足下饬人赶工，做成（两份），寄南京中山路247号文艺俱乐部华林先生收为感，愈速愈好！因弟月底迟至下月初亦将去此。画范非俟心定不能编，但在下月必能奉缴不误，因去此便有希望。敬颂

暑祺

弟悲鸿顿首
（一九三五年）六月□日

济群姊同此。画集、拙集亦祈印出三四两册。又描集序文将重书，重版时见告，弟将寄上。

十七

新城吾兄：

　　当然我不能代兄写一个东西，不过勾引兄的文章而已，我那个楔子，兄把它变成白话，补充尊见二十行便是妙文。拙作慈之小像，当年未曾加入弟之描集者，即作为慈集第二页，第一页慈自写（五色印者），然后第三、第四其父母像，请速印（精印五十册）成，装订十册，交沧洲路十四号谢寿康先生。请他分赠比国委员（不必等我编定，慈将此事交我代办，兄先为她订十册应用，定本等弟编寄次第），拜祷。此颂

暑祺

弟悲鸿顿首
（一九三五年）六月二十五日

　　吴先生并此，请求这个忙非他极力一帮不可，弟自知感激。

　　再者，此间大门外橱内从未列拙集，弟又不好说，请兄问沈先生一下为感。若他日慈集出时，各分馆内须广为宣传。

　　弟在极痛苦时期，兄幸哀怜我。

十八

……

　　画范之稿托友人携沪，想察收。序文《新七法》，请饬人抄一份寄弟。慈集日内当出版！应为之刊广告，尤其在安庆，并希望在《新中华》上转载白华之文及其《述学》之文。弟在月前竭全力为彼谋中比庚款，结果为内子暗中破坏，愤恨无极，而慈之命运益蹇，愿

足下主张公道，提拔此才。此时彼困守安庆（省三女中教书），心戚戚也。敬上
新城吾兄

弟悲鸿顿首
（一九三五年）八月六日

再者，四川他日必为复兴中心地点，贵局须注意及此，必不可忽，因该处无中华丝毫势力也。

欧洲古今最大画家为荷兰十七（世）纪之冷白浪（Rembran），弟嘱慈译其生平，弟藏冷作副本（精印大册）全备，拟请尊处刊行，亦艺术界之幸也。中心忉怛，不能举辞！

弟百无聊赖，九月内必将已辍之《美术史》写完，即尊处所托撰者。但版税须百分之十五或更多，弟有用处。

弟悲鸿又及

十九

新城吾兄惠鉴：

吴作人君为吾国洋画界杰出之人物，今为弟罗致，任教中大。其近作《北极阁下》一幅，拟请刊入《新中华》。摄后请交还亚尘兄，至感。敬请
文祺

弟悲鸿顿首
（一九三六年）二月二十三日

二十

……

内挂收到否?拙作不见刊出,不想歌川先生竟够不上朋友,离奇之至!底稿合弟携上照片（不止二十六帧）应有四十多帧,弟拟出三、四两集。请将就弟意,不加挑剔,散页请印两套,拜感!因八张实在太少也。弟紧要关头,已痛苦万分,便将束装去桂与世绝缘,完成未竟著作。小诗两章,请察存。尚有最重要文件,俟续寄。韵书乞多洗几分见贶（十份）。

新城吾兄,廉铭先生,并此致意。

弟悲鸿顿首
（一九三六年）三月五日

二十一

新城吾兄惠鉴：

请将弟存款内拨二千五百元,陆续购买孙多慈女士画,详细办法,另纸开奉。务恳吾兄设法照办为感。

敬颂

撰祺

弟悲鸿立正
（一九三六年）四月十二日

（附）托舒新城代购孙多慈画契约

本人因鼓励少年艺术家,及促进文化运动起见,特向先生定购画件，其契约如左：

一、画之内容（指作法之完整）以作者在中央大学之自写及静物为标准，倘不及此标准，本人将相商作者易得他幅。

二、画之所有权归本人，但（作者于必要时，可借出开展览会）出版权仍由作者保留。

三、绘画暂分为两类：

甲、有结构者。

乙、人像、风景、静物。

四、本人所定之酬报：

甲、二百元一幅。

乙、一百元一幅。

五、所谓油画，纯指油绘绘于布面上而言。

六、大小不甚拘，但一尺寸最长一面为一公尺八十为度，最短一面不宜少于四十公分。

七、与先生暂定画十幅。十幅交齐再行续订，但十幅价格在第二期之十幅中仍照本约所订数目。

八、作者将每幅作品完成后，自送至上海澳门路戈登路中华书局总厂舒新城先生收，或托各中华书局分局代寄亦可，本人收得认为满意后，即立即付款。

九、本人所需要者为构图，最好以民间生活状态，或历史之关于民族精神者为题，但作家自写风景、静物，亦所欢迎，兹假定为数画之题，请酌量先后写之。

《浣衣人》《夜课》《木工》《小学生》作者全身像，以上在以图计甲类。

《老妇》《黄山》《静物》（不要常格）、作者牛身自写（用刀画，其他人像亦可，但不能多过三幅，亦希望用刀画厚色），以上乙类。

十、在约订定之后，每月至少须交本人乙类一幅，一年中须有甲、乙两类之画件十幅。

附言：

　　本人并拟购作者之素描二十幅，每幅定二十元，作法内容之完整，以作者"描集"为标准，以水墨写于中国纸上尤为欢迎，最好每月能交本人两件，寄款办法一如第八项。

徐悲鸿委托舒新城先生办理
一九三六年四月十二日

二十二

新城吾兄惠鉴：

　　弟前与兄商刊剑父、大千两先生画集，曾蒙附允。高先生将亲持其大作来尊处，特为介绍，敬颂
日祉

弟悲鸿顿首
（一九三六年）五月十二日

二十三

新城吾兄惠鉴：

　　久失音问，近状如何？方事之亟，十九路军出南路，再以两师收贵州出湘西，必致中原大震，国家瓦解，八桂健儿皆已歃血宣誓效死，中央以五百元购一挟枪降兵，无一往者，士气可以想见。敝亲因转舵收帆，遣三大员来议和，李、白终不愿渔人收利，百忍许之，只责赔偿损失五百万。白将军且自动引退，以谢六军将士。此间猛将如云，积愤既久，皆愿图一逞也。伟哉！白健生，足以矜式百代。此人当国，足救中国之亡，他人无望也。和平既现，要是中国之福。此间已定迁都桂林，当成西南惟一重镇，中华必当来设一分发行所，

足下能来一游并视察环境否?弟拟在此略置薄产,于必要时当拟动移基金千元。兄愿否在仙境辟一宅?幸见告!弟处自可托足勿疑。弟功成名立,不愿再与俗竞。前托兄购之《图书集成》《辞海》以及商务之《四部丛刊》等,出书时请寄桂林省政府弟收。作画、读书,得佳作分寄友朋处,乱世得此可无憾矣。闻成中兄至尊处任编辑,弟必欲邀之来此,请转告。桂花尚未开,兄能得书命驾则良丰之游,实人生罕有之乐也。伏维

安善

济群并此致候

弟悲鸿顿首
(一九三六年) 八月二十五日

二十四

新城吾兄左右:

得手书,知《田横五百士》照片收得,甚慰。弟与慈之关系,在港与兄晤面时,实间不容发,及彼知我来新,乃来一从未有过之动人情书,言我命她怎样便怎样,弟答言:倘人因我而有之行动,我完全任之肩上,不诿责于我以之第二人。但我绝不令人如何行动。其中,慈又获得我冷冰冰下前所发书,她即来一同样温度之函,我气得发昏,即寄一书函至港,托子展兄留交,我即表示此生不必再见。此函才发出两日,讵知她又来一书,视所谓情书者尤悱恻,言俟送其父母于安全地后,便不问吾在天涯地角,必欲相从。情节周折如此,而弟敢断言彼必不能出(彼尚在温州、丽水),但过早之消息已满布东南,比之预防针亦未尝不佳。慈父亲之面貌,似为吾前生身之冤仇。见即话不投机,彼母亦落落无丝毫缘感。倘慈不毅然取得办法(此则不可责备,只有任彼如何),弟亦终不能与之有更进一步之关系,以较弟之岳父母之情愫相去诚间霄壤!弟至今仍依依于岳父母之深意,老天此段文章巧妙不可思

议，弟虽在演出此剧，实惊叹剧本之佳弄死人的东西，世变如此，一切听其自然，若慈真排万难来到弟处，当然弟无条件从其所愿，与共生死，弟顾未有一字叫她来，惨极了，只当作被炸坏四肢脏腑一样难过，敬候

百益

济群安善

  席收到。去印大约八月。不必告人。

弟悲鸿顿首
（一九三九年）五月八日

二十五

新城吾兄惠鉴：

  弟去冬在港，曾在港厂请先生摄成三部分重要画件，其中有几件是国宝：

  （一）何冠五君收藏共二十条幅，所谓国宝者乃何藏宋《李唐〈伯夷叔齐采薇图〉》，有人以二万港币求之不得者也。何君为粤港第一收藏家，此次由弟再四恳求精选其藏品之最精者摄下，中华能为之出版，匪特为一种光荣（较文明各种真不啻有天渊之别），其有功于文化乃为无上意义也。

  （二）弟之《八十七神仙卷》（凡二十余张），其为国宝更不待言。弟拟由英国出版（定十镑一部），印三百部，为筹赈之用，绝对有办法，然后由中华印普通珂罗版本。

  （三）乃弟在去年截止之近作亦二十余张，拟为《悲鸿近作》第二集、三集，较前之数种为精。

  此三部杨先生工作当然辛苦，即弟亦耗费近二十天光阴。言私固然为嗜好所趋遣，但为中华亦可谓异常尽忠，且征各局经理之意见，画册亦只有拙作可销（未必拙作更好），故弟之敢为此者，亦因有现实可恃也。

但港厂照相室人手太少，弟再三求其每种印两张寄弟，总办不到（其实已印多张寄弟，但不成套不能用）。言归正传，请兄速函港厂，将去冬弟与杨君所摄之各底片（大约七十张）全数托人带沪。

弟悲鸿顿首
（一九三九年）五月二十二日

二十六

新城吾兄惠鉴：

手书深慰。小展览会，小电影加以小酌，殊令人羡慕不已。有吕飞鸿先生，少年英俊，欲来沪就学，弟故托之带上付印各底片次序。其姊并寄存国币四百元（用弟名义），俟吕君于七月底将照片奉到时，由兄转交之（因携款不便）。又一数三百元，请照所另开两纸，恳兄派一干员一办（另一纸托汪兄），同行且可得折扣也。款大约不够用，如不足数，请兄代垫。各物购齐后并祈代寄。

慈自四月十四日来一极缠绵一书（她说不论我在天涯海角她必来觅我）后，两个半月毫无消息。此时温州沦陷真使人心忧，她那二老糊涂混蛋该死！大概不会得好结果，弟尚幸留其作品不少，便用慰藉此后半生矣！

此间总督自昨日起来弟处写像，全副披挂（另片），像高八尺，此画物价恐须破中国生存作家一切纪录（国币四千），弟将以半数助赈，一本初衷。此事尚未至发表程度（七月底方能写竣），惟先令《良友》知之为我喜耳。以后弟之版税不必付出（此次恐只有新加坡处有卖出耳）。敬颂

近安

济群同此

弟悲鸿顿首
（一九三九年）六月卅日

谭云山先生昨日抵此，十日后即去印度为弟准备一切。弟赴印之期大约在九月底十月初，但祈不必告人。

二十七

……东坡曾有□□□诗，诗如下：

江干高居坚关扃，犍耕躬稼角挂经。
篙竿系舸菰交隔，笳鼓过军鸡狗惊。
解襟顾景各箕踞，击剑赓歌几举觯。
荆笄供脍愧搅聒，干锅更戛甘瓜羹。

（用广东话读更好）

弟亦戏为感怀一章，聊以解嘲，谓全无心肝亦可：

遗韵忆犹豫，音容隐易颜；
莺莺缘已矣，抑郁又奚言。

赐示甚感。最后之两包尚未收到，而单则早至，合同亦尚未收到。弟因事又羁绊数星期，须在月底方能起程。《八十七神仙卷》能早印出尤妙（请寄弟样本），但必须好好制版，好好印（因为既是人物，又系白描，一点假借不得。不比山水或花卉，印时偶然模糊，尚可作为雾里看花雨中山）。不精便要不得也。

弟抵印后，拟即请泰戈尔翁及波士（印第一画家）先生题字，或尚能赶及加入也。弟最后复慈一书，实是妙文，嘱波寄兄保存，或能达览。一切皆成幻梦，不再想起此一钱不值之事矣。弟到印度后，必多流离寂寞之感，请常常写些信见赐。此颂
近祺

弟悲鸿顿首
（一九三九年）十月十六日

济群安善，廉铭先生并此致意。

二十八

新城吾兄大鉴：

　　连得两书，奉答如下：《梅溪书屋藏画》中之三幅，在中国制版技术上说确也只能如此（并非无办法），但印时必须尽其可能印好，若再照寻常随便，便将成一张灰色纸。"动物""静物"范本印出甚善，请即将最近第四集一直幅马或其他合式之幅补入可矣（因是第一张故须冠冕堂皇）。以后如遇此类问题便请廉铭先生与新城先生一商即办，再通知弟一下即行。因弟在远方，舟车辗转，旷日持久，非计之得也。港厂工潮真是舅子无端耽搁了许大工作。不知弟之《八十七神仙卷》考证之物送到否？弟前函求印一横幅（乐队卷中最精彩之部，杨君已为摄出），以备装挂，想能照办。昨日（廿三日）为国际大学成立纪念，四乡即来集会（接连五日加尔各答来宾有数千人），于是此幽僻之乡顿成闹市。弟之展览，亦为其中点缀品之一。纪念之仪式有泰戈尔先生长篇演讲，中间合唱三次，清晨巡歌（周唱校一圈约一里半），夜间烟花火、演剧、电影等等，热闹非常。

　　此祝

百福

济群并此，廉铭先生候。

弟既绝慈，遂一无消息，郑兄处亦无之。

弟悲鸿顿首
（一九三九年）十二月二十四日
圣地尼克坦

二十九

新城吾兄：

　　三合同越八月而至，可谓奇闻！弟将《八十七神仙卷》签上，暂存兄处，不必寄下。至于共字585及586号，弟为发扬真艺之故，促友好，以其宝公之于众，弟仅一小文，不足当著作，初亦未谈及版权问题，如云不必为中华书局省这点钱，则请以版权赠与广西美术会（广西省政府转）。总而言之，弟不能签也，但书出版，必送何君十部，由健庐兄转。亦不必提版税问题，弟未许过也，一切由兄意行之可矣（亦必须为弟留几部，此时不必寄或寄两部至此间）。

　　浙东紧急，当然慈甚可恶，但因缘既绝，从此萧郎是路人，只好不想到她算了。以弟推之，她此时已出嫁，且彼数年来于艺亦不努力，弟益无所恋恋，弟七月以前皆在大吉岭，地址如下（略）。

　　一月以来将积蕴二十年之《愚公移山》草成，可当得起一伟大之图。日内即去喜马拉雅山，拟以两月之力，写成一丈二大幅中国画，再（归）写成一幅两丈长之（横）大油画，如能如弟理想完成，敝愿过半矣。尊处当为弟此作印一专册也。敬候
近安

弟悲鸿顿首
（一九四〇年）四月二日

济群同此，微款承转岳母，谢谢！

三十

新城兄：

　　手书深慰。大作既成，当于何时得见？弟作只能以稿摄影，原幅太大，且一未裱，亦不能摄影也。秀才人情纸半张，小画一幅贺姗姗，愿哂纳！慈既无消息，上月忽由子展兄转李家应数行，谓慈病，愿一见，问我能去浙否？真不知天高地厚，彼以为我自身即生翅翼也，且其地亦不能翻译成名，电复且不可能，悲运如此，喜马拉雅山之天下第一高峰——爱勿莱斯忒Everest信为宇宙奇观，此乃有天赐肯与见面。因雨季近，云雾不肯开，必雨师先夜为洗尘乃可。在旭日中相见，令人惊倒也。

　　《悲鸿画集》（四）之《云海》应作直幅，今既为横幅，便当易其次序，入横幅列，因颠颠倒倒之，殊不便也。法周即Mr. Fachew, Santini Ketan, Judia.《芥子园画谱》，请购寄此，共字585，586之三十部版权交换，请以十五部赠何君，另十五部赠弟，似为公道。前奉一片，办弟画集。二十余册幸与此同寄印度。

　　敬候
近安
济群并此贺喜。

弟悲鸿顿首
（一九四〇年）六月四日大吉岭

三十一

新城兄如晤：

　　弟于七月六日返抵国际大学，山居三月，写得大小中西画近百幅。《愚公移山》中国画亦写就,恨无法装裱一览。此间高材法周君,文辞畅茂,思致高玄,常为文向《宇宙风》等发表,足下或曾览及。近选译泰戈尔翁小品十篇,皆趣味隽永之作。译者愿在尊处出版,弟特为介绍,先寄奉原文及译文一篇,祈兄鉴定。倘无不方便之处,务恳赐予出版!弟此时将着手油画愚公,惟天时酷暑,乍自温凉天气到来,甚感不适。上月寄国币四百恳转敝岳母,收到否,敬候暑祉

弟悲鸿顿首
(一九四○年)七月七日

济群与小宝贝均安善

三十二

新城吾兄:

获手书,知大著《我与教育》三十万字排版将竣,忽又想写五十年来社会风俗人物之大小说,可谓野心勃勃!弟意以为倘将兄教育写成这部大小说必是奇文,因为格调奇,便不同史料体之枯燥。明知兄文笔瑰丽不致枯燥,比之厨中未备料酒,仍是照常香气。但待三五年再付印,大有优游之意,殊可羡慕。

慈之问题,只好从此了结(彼实在困难,我了解之至)。早识浮生若梦而自难醒,彼则失眠,故能常醒。弟有感而为诗:

虎穴往往无虎子,坐看春尽落花时;
平生几次梦中梦,魂定神清方自知。

彼与兄及展兄处俱无消息,故亦莫从知其状况。但彼已不作画乃是事实,此则缘尽之明征矣,也好。

印度热不可居,日中既在百度左右,入夜仍不少减,苦闷之甚!弟有友在南洋为领事,邀往展览,拟再举一次即返国矣(入川)。复

书，请寄星局留交。本月十五日，弟偕友人往朝佛迹，及游览诸著名古美术洞府，他日拟写《印度美术》一册，其派虽非弟之所喜，但固有他了不得的地方，不可忽视（有人且以为世界第一）。

一幅小画，又欲为姗姗他日妆奁，可笑!他日徐老伯不会有别的东西？

此祝

兴居日益

弟悲鸿顿首

（一九四〇年）九月二日圣地尼克坦

济群及小宝贝安善

弟返国前拟过香港，将两年来重要之作由港厂摄下。

三十三

新城吾兄：

今日检点慈之作品，存弟处有七幅（又得一幅共八），极精。其外，尚有水墨自写及素描各一。另两国画则不甚佳，共得九幅。不知兄处有之否?弟拟为之再出画集一册，油画皆用三色版精印。为了结这段因缘纪念，求兄写序文（须作散文诗体）（不甚着痕迹），弟则以两小诗代序，录奉一览：

云锦辉煌早织成，文章机杼出天外；
星河流转乾坤乱，大惧昆冈玉石焚。
回首当年事可哀，鸡鸣灵谷总成灰，
平生心血平生梦，惟待昆阳旗鼓来。

不知港厂能制版否?倘兄同意，弟即挟此数画至港也。天生如此之才，而蕲其成，感伤无已。

尚与兄约一事，则弟当年已与尊处订了合同之《美术史》《空青》均将于适当期内出书（所谓适当者，指其可能刻印之时也），且尚有其他极关重要之《西洋美术家》（弟已写有三册），只有制版费事，目下恐不可能，弟想在一年后也。此节并祈告知廉铭先生，预为注意。再过五日便即出行，将有两月不能工作。复示请星局留转。

此颂

近安

弟悲鸿顿首
（一九四〇年）九月九日

济群及小宝贝佳善

三十四

新城老兄惠鉴：

久隔音问，思念良殷，伏维，近况安善！弟自来平后，即感觉北方艺坛之暮气沉沉，思有以振之，故所延揽，俱勇敢有为之作家，如吴作人、叶浅予、李桦等，皆欲建立新中国艺术有所作为，故为一般顽固派所忌。本年乃集各人两年来精晶，举行一极大规模之联合美展，内容殊为精美，因在事前皆经极严格之审查也。出品西画有二百件，中画一百件，图案三十件，陶瓷八十件，雕塑二十件，在中央公园内之中山堂举行。每日有数千人往观，翁文灏先生自动来观两次，对人言值得提倡。舆论虽往日反对之报，亦大加恭维。弟思新艺术运动将以北平为基地，但此时交通不便，不能运往各地展览，但每年一次，最好有一特刊纪念。爱思借《大中华》一期为艺术运动特刊，一年一次，于《大中华》添一门类，于文化为一有效贡献。图片文章皆由弟等供给，不要稿费，不要版税，只求赠五百本可矣。如蒙同意，即祈明示。

敬祝

俪福

弟悲鸿顿首
（一九四八年）五月三日

致汪亚尘（二封）

一

两月以来，未能奉书，良深歉仄。因此会未曾开幕，随时可成画饼，中心忧悚，无可举告，今幸成功，不能转变。其中艰难经过，请为陈之。

弟自去秋得李石曾先生电，遂筹备此事，在法方一切接洽，由刘大悲先生任之。弟任征集收罗作品，重要条件，乃在本年三月十五日以前将展览物品运至巴黎。弟奔走四月，未有片刻暇晷，治及己事。经济当然由李石曾先生筹措（事前已有预算），于三月三日晨七时抵马赛，身上只有一千余法郎，舟既傍岸，未见有人来接，默计所携木箱等件，计三十余具，过关查检，如何得了。勉自镇定，觅得管运行李者，付以一切。九时许，方见刘大悲先生偕马赛陈领事登舟相晤，在弟如喉中吐出骨梗，心为大慰。此三十余木箱等物，运至巴黎费用将及五千法郎，幸同行友人所携颇丰，得蒙借助，石曾先生适来巴黎。接谈后，彼匆匆去瑞士，即不别返国，行后来书，言一切委托顾公使，自能帮忙云云。

弟与大悲皆陷绝境，不知所可，此会至少须十万法郎，方能济事。弟流落事小，但法国巴黎空前之中国美术展览会消息，既已传出，又人人皆知，为弟所主办，倘是空城一计，必丧尽弟之终身信用。故中国政府唤回李石曾先生，真令人无可如何。于是二月来弟对外对内之煎熬，颇多焦味，"老班舞去后台空"，此剧遂由弟及大悲两人演唱无已，及走瑞士见顾公使，顾言使馆经费支绌，无能为力，但由彼夫妇两人名义，捐助本会一万法郎，冀能成功。杯水车薪，姑无论其能否济事，只顾少川先生之解囊慷慨，在中国外交界中，恐未之前闻也。归法后，与刘大悲先生分头设法，冒险进行。

天诱其衷，朱骝先部长，鉴于国际文化宣传之重要，此会之功亏一篑，乃于四月十八日电告，当先汇万金为助，略为放怀。同时又得顾公使愿来开幕消息，益为兴奋。

中国美术品之流传在欧洲者，数殊可惊，其装置方法，亦较妥善，因此有安全可以凭依。此次中国古画，除卢浮宫博物院借出五幅外，集美博物馆（Musee Guimet），借出一大部分。多伯希莱由中国敦煌运来之物，中国古董商卢君芹斋借出壁画十余件皆河南等处歹人偷卖出者。又宋元画张十余幅，欧洲大收藏家皆藏有中国古画甚多，凡借得四十余幅；合计约六七十幅。益以中国当代名人之画二百幅，可谓洋洋大观，欧洲未有之创举。各大报俱派访员来探消息，满口赞誉中国文明之辞，而日本之抄袭文化，于是大显白于天下。

四月二十五日，偕大悲往访教育部长特蒙齐先生，特氏对于此次展览盛举，备极称许，决亲临参与开幕典礼。展览会目录册本，有前国务总理赫理欧先生长序，彼忽有美国之行，致匆匆写得数行，恭维中国画。倍难尔老先生，已允写序，突遭感冒，八十六岁人，不好强迫他。惟得大诗人梵赉理先生一序，序甚好，将请徐仲年先生译出。会期本定五月二日，因筹备期内，适当班克春节，法国太平，故大家认真过节，因迟延至五月十日开幕。会凡一月，将至六月十日闭幕，此期正际暮春，为一年中最佳时节，亦深自欣幸也。

国人欲在巴黎琼特保姆美术馆（Musee du Gee De Paume）开展览会者，既定而罢，不止一次，信用早失。此次乃由国际文化协会美术部秘书长Fondoukidis先生接洽，方能成功。地主Dezarrois先生曰：愿此番不同前数次之徒望人意，故会既开，则得人对中国之无限同情，皆知中国文明之中兴，否则信用扫地，此路不通，无可如何。归罪他人，亦属徒然。

留法中国学美术同学，全体动员，前来帮忙，真是幸事。各国在巴黎之通信员，皆争先来探消息，法国美术家耆宿若等十余名，在世界艺坛负重望者，皆列名为本会名誉委员。政界领袖如外交部长De Monzi、教育部长等人亦皆列名。

自五月六日起巴黎将有十二面大中国旗飘扬全市。广告贴遍巴

黎要道。余俟续闻。（下略）

二

亚尘吾兄示悉：

赠画须看美国情意，最好为交换，兄可否看情形而定也。兄之出国无意避乱，但若在此时，则求出亦不得矣。弟听天由命，不堪设想。

敬祝

旅福

弟 悲鸿顿首

（一九四八年）十一月十日

致黄扬（养）辉（九封）

一

扬辉弟鉴：

得手书，为之怅然。终天之恨，何可解慰！惟死者不能复生，报亲当思其大。弟年来艺事日益进步，进德修业，显亲扬名，乃孝子之志。愿弟节哀，以慰老母。丧后，幸早来。此问
安善

悲鸿

（一九三六年）一月十七日

二

扬辉弟鉴：

得书欣喜无极。欧阳予倩先生不特艺术卓绝，为吾国现代稀有之杰；其为人亦极诚厚，弟等均当以师礼事之。弟亦何妨用钢笔为之写一像。省府所定之画三幅，须用粗线条写，便于远观，两人合作尤佳。吾爱斯百以其能让（此事至美），今弟亦能之，吾有望矣！吾颇愿弟之能镌（即版画）木刊或强水，定能出人头地。在此时期内，世界艺术界全无作品，或者仅我中国有所表见，因吾颇有机会见各处报章杂志也。能多写夜景，更能动人。此问
近安
夫人佳善
郑君希为致意！

悲鸿

（一九四〇年）十月十九日印度

三

扬辉弟鉴：

得书及画稿两幅，欣慰无极。造型艺术如欲表现实际生活，苟非身历其境，精微观察，必致如痴人说梦。但根本技能，如人体研究，非在二十岁前，至迟二十五岁前锻炼成功，尽管眼能见，而手不济事，亦属徒然。所以投机取巧之流，若上天秤，将无一分重量。弟等虽努力，但吾辈扬眉吐气，必须俟吾辈作品升华之时。社会之同情，不过如一滴兴奋剂；艺术本身，必须求其有永久性，若欧近代那一套，本身是一种骗局，逐臭之夫仍在欺骗，故无足挂齿。惟其中具有图案形式者，不可同日而语，确有见地与独创之时代精神，一如中国目下虽有汪记汉奸，亦有甚多忠义激昂之士，须分别清楚也。劳工生活，以英国现代弗兰克·白朗群为第一，其作雄伟壮丽，尤具图案风格，其镂版画尤妙。弟之《开山》一幅，须将近景人物写大些，否则，大画中不主要之物占地位太多，会不现精彩。《造桥》亦然，稿上虽不觉得，大幅确不行也。

我在外并非偷安，我自去年年底返马来西亚，接连举行三次筹赈之展：二月在吉隆坡得叻币17856元；怡保尚未算清，大概一万余；槟城之展在四月初，亦未算清，但可知者已及一万二千余，合国币三十三万余。前年一万余叻币，尚未算在内。三展皆全部报效(祖国)，吾个人旅费及运画之费皆自付，卖去之画约一百五十余幅，当日之《三侠》油画（《良友》46期刊出者）为王柏觐君购去，价两千叻币（合国币一万六千元），亦可谓一纪录矣！班底仍在，重要之画让出者只二十余幅耳。此问
近好

悲鸿

（一九四〇年）五月二十一日

材料购之极易，但不能到达弟处，奈何！

四

扬辉弟鉴：

　　得书及各照片深慰，弟因努力而得人之同情与赞助，遂得作画之良机。此为艺术家无上之境遇，盖吾人所需。乃缴出吾人最高精神。其他皆外物，无可措意。但此看是自动可致，顾在今日，诚不易之也。各画俱空灵明朗，章法甚佳，唯尚少图案意味，用作壁画还须加以沉着凝重，Branyuiyn 生成壁画天才，Feint 则无是气力，人体亦须加意研究，否则殊难于表现得当，如小腿有几部分肌肉，一用力，即紧张，臂亦然。故善用之者，仅显出几根筋，画面即呈紧张，其效如此，故在速写时，极须着眼此等部位。

　　吾因裱画稽迟，行期大为麻烦，缘此间自限制各物进口后，绫绢无法获得，广事搜集，旷日持久，所费亦不赀，诚无可奈何事，我曾为弟购三十几条之粉画色一盒，托人带重庆，目下有他机缘招更易易，此亦足以利人之道，弟须勉为之也。此问

俪安

夫人并此

悲鸿

（一九四一年）双十节　星洲

五

养辉弟鉴：

  在昆明得弟书，以忙未能复。来渝，又从晓南弟处得一书，深以为慰。吾日内即乘飞机返桂林，奈无法与弟一面！弟幸告我近来工作情况，知弟之周围识者尚多，此尤令我欣慰者也。人体尚须用功，以应付大结构。

此问近好！

夫人佳善

悲鸿
（一九四二年）七月十日 重庆

六

养辉弟鉴：

  一别数年，弟进步如此，我心慰无极。此时弟可乘机收取画材，油画颜色正在各方设法中。水彩画纸此间有较佳者，将告晓南购得带上。风景画亦宜多写，以备应用。而树法尤当深究也。胆大亦为画中要略，开始失败无妨，久可致胜，则得谨愿所无之妙矣。此问近好

悲鸿
（一九四二年）七月二十五日

七

养辉弟：

　　我十一二将赴贵阳，有画展。携有水彩画纸，弟能来否，或去驻办事处派人来取（大十字远东餐厅）。

　　弟画必有进步，以重诚也。明年五月必须来青城工作。此时须尽量准备（稿）。此问

近安

悲鸿
一九四二年十二月

八

养辉仁弟：

　　顷得祝家声弟书云：弟因待遇少，不足家用，急于另图他道，我为弟介绍至文化部田汉先生处工作，月入约五百至七百斤小米，弟如愿意，可立即就道。此问

俪安

夫人小郎安善

悲鸿
（一九四九年）十二月十四日

九

养辉仁弟：

宋君方女士，即寿石工先生之夫人，其人极有才知，闻弟处有雕刊工作，至愿俯就。兹特写一履历附上，希与局中一商延聘，即作为我所介绍可也。此问

近好

悲鸿
（一九五〇年）元月二十四日

致徐伯阳、徐丽丽（六封）

一

伯阳、丽丽两爱儿同鉴：

我因为要尽到我个人对于国家之义务，所以想去南洋卖画，捐与国家。行未到半路（香港）便遭封锁，幸能安全出国，但因未曾领得护照，又多耽搁了近两个月，非常心焦，亦无别法可行。兹已定今夜（一月四日）乘荷兰船Van Heufze赴新加坡，在路上有四日，如能一切顺利，二月中定能返到重庆。国难日亟，要晓得刻苦用功。汝等外祖父、母亲想安好。我虽在外，工作不懈，身体不好亦不坏，可勿念。你二人须用功算学及体操。旧邮六张两人分之，外祖父前代我请安，母亲代我问安。

父字
（一九三九年）一月四日

二

丽丽爱儿：

你的信甚好，但是你又留级，我能常常看见你在小学里，原也不错，但要你不向上长高才好，否则一个大孩子，恋恋在小学里，会令人看轻。从此以后，除非因生病，或特别情形，不准再留级，否则你便无权利受高等教育了！

你做的手工甚有趣，我谢谢你这可爱的礼物，我现在没有什么赏给你玩，但你能好好用功，你将来玩的东西，一定很多。

　　我常常想到你小时候的哭声"姆妈哎——"，那时候实在讨厌，谁想你那种哭声，令我感到无限的伤逝情绪。

　　国家大难临头之际，各人须尽其可能尽的义务，事变之后，我们不见得会比人家更不幸福。

父字
（一九三九年）八月廿五日世界大战前

荷兰邮票不可浸水。

　　因此信包着者（指邮票）是丽丽的，将来每封信都有，而两人结果所得是同样的。

三

丽丽爱儿鉴：

　　你的信我收到，你能多回磁器口安慰母亲，甚好。我绝不会因你少来而责怪你的。美术院此次派出四人，因为他们皆大学毕业，深有造就，在中国无进修所在，所以请派去英国。你有志向，自然很好，但（1）你方读高中一年，此时虽学校设备不佳，返都后定能改善。（2）母亲有你常常见面，亦少减忧烦。（3）我的经济实在负担不了，现在希望你好好用功，将来在大学卒业后能应考出洋。或到尔时，我如有力量时，送你出去。此时不必作此企图，以扰乱心绪也。我的健康尚未复原，勉强去"中大"上课，亦为责任心所使。颜院长来信说你极为努力，我很喜欢。高中功课繁重，伙食又差，我至为你担心。

　　此问

近好

父字
（一九四六年）□月□日

四

丽丽爱儿：

　　冯法祀弟等已由南京来平，携到郑玉麟先生代儿取笔之手据一纸，儿收到觉其可用否？伯阳转入音乐系理论作曲组，看去成功希望甚少。每月要我薪水十分之一，我不能用钱来买他的心，仍旧每星期除伙食外给与千元零用（五月来已如此，或须加些）。本月十九上课，我将教一班课，近患痢疾略弱，闻儿有目疾倘不得治疗，暂用硼砂水洗治，胃病最好多吃生姜，今日民主人士为冯玉祥将军在艺专大礼堂追悼，广州不日可下。此问

近好

父字
（一九四九年）九月一日

　　园中葡萄甜又蜜，明年全国奠定后，儿可来北京。

五

丽丽爱儿：

　　我前日与黎先生的信推荐颜文樑先生，他恐不行。得英国费成武弟来函，说张安治（将）亦于一九五〇年二月十日由英动身。他思想需改造（十全的人没有的），但艺术却还可以。你想想如可以推荐，就推荐他。祝你

新年快乐

　　阴历十一月初七日，今日是你祖父的生日。

父字
（一九四九年）十二月二十六日

六

丽丽爱儿：

　　许夫人周俟松女士处你可以就近写信探问她的（或则用我的口气），如能成功，我可以安慰地山先生于地下（因为他们有极聪明的一子一女须受教育）。胃病有几种，总之少喝水多吃生姜是好的。你如要学医，时间甚长，在芜湖当然不可能有好医学校，此间北大、清华皆在改造，可能成为理想的大学，你可由组织上派来（秋季始业）。至于学习政治，最好当然是马列学院，须有五年以上工作经历。其次是华北大学、革命大学，最好由组织上介绍来，当无问题。你如能来北京，我们很高兴的，但须得安排妥当。你与黎同志的感情我是相信的，要有生活计划，我在此不参加意见。你如需要我做的事，可尽量告诉我，我能办得到的，必替你办。此问
新年快乐！

父字
（一九五〇年）元月二日

伯阳在天津大王庄国立音乐院

致新加坡友人（三封）

一

二十四日（即吾人分手之第四日）昧爽，起视两岸明灯数列，映于深沉夜尽之青黑上，俯视滚滚江流，悉是黄水，略如上海之吴淞口，舟既入港，缓缓前进，盖已抵仰光矣。

饮完咖啡，即披挂与同人登岸，不免有一番检阅护照、防疫证书之类例行手续，时天已大明。

出口尚未及大道，忽惊见上帝之败笔！亦生平所未遇！乃有一人（大约十七八岁男子），大踏步迎面而来，其动态步法，全似鸵鸟，因其两足，共得四趾，其足中凹，每趾有甲，并非败坏，实上帝助手，误以鸵鸟之趾，装配其上，殊属不合，应令拿办……姑以人地生疏不管他算了。

一上大街，即面对金塔，灿烂辉煌，风雨不移，遇润不改，殆无中饱舞弊等情事，自顶及座，全是真金（固然仅仅外表）。及门，一卖花女郎，娇滴滴的，地上堆花，花皆成束，先以不可懂得之语，令吾等解除鞋袜，大家把她打量一番，迟疑片刻，金以为当先觅得友人，定个节目，畅游仰光，不能如此冒昧，轻举妄动，况且赤脚，何等大事……但是摸不着头脑。

即沿塔右转，张君发现了一家咖啡茶店，门前两位黄面执事，穿着裤子，证明他们是咱们同胞，大家便奔赴此店，以吃茶为名，打听路途，端上几碟点心，颇多苍蝇陪食，医生单君，坚持不食。张君便以最普通国语，询问中国领事馆、西南运输公司……起头语言不懂，原来是福州人，厥后实在不晓得，彼此哈哈假笑，不免怏怏。

另一桌上，聚着三位彪形大汉，身披深黄长布，一人架着眼镜，觉其有向我们解说样子，单君谓闻此地原有某国游方僧，或者就是他了。于是走向他们，堆起笑容，做着手势，近视之，是缅甸和尚，忽转向其伴，口中支吾，看去似乎表示茫然之意。大家觉得不是话头，付了茶钱，仍向大街走去。不多几步，经过一外国药房，柜中站着一人，中等身材，头发光亮，像是一位广东同胞。单先生先要买药，然后问他是否同胞，那位一面走去取药，转面带笑摇摇头，表示不是，我说这药又白买了！

走近一看：原来那位柜台所遮蔽之下半截，围着一条裙子，买卖做完，他便高声叫密司忒孔。一位胖胖的三十岁左右先生来了，说得国语，自称广东南海人，为我们殷勤通了几处电话，一切问题解决。

我尤喜欢找到了老友王振宇先生，并且知道中国银行与所有的银行一样，任何节忌都得放假，从此日起，接连三日，为缅甸张灯节休业，适届阴历十月半，入夜将有非常热闹的光景。

方才晓得顷所经过之金塔，不是那回事，仰光圣地大金塔，还在市外，距此两里之遥。

于是我们便会合吴忠信专使，及荣总领事，一行驰车，巡礼大金塔。市外树木葱郁，道路整洁，远远望见高巍嵯峨、金光灿烂之佛塔，越走越近。

停车处，有英国三道头，北印尤葛儿巡捕多位，维持秩序。大家将鞋袜脱下，置于车中，入寺门拾级而登，遂谢绝围裙之向导，笑却两旁兜售香花女郎，走过二三十家白石年轻佛像店、象牙器店、镀金偶像店、玳瑁梳篦店……尤其花店，算上约一百二三十级，便到塔下。

金塔位于距平地约八九丈高之山坡上，其历史与重量体积，我未尝深究，我想你把它拆开，两万吨的货船，是装得下的，通体贴着金，所以永久不会有古老的容色。

地皆用黑白云母石镶成，极为整齐，塔之贴身周围，围以毫无意识、秩序与计划之无数佛座佛殿。殿之大者，中置以无计划与秩序之年轻白石佛像，其大者高可一丈。有数殿正中，以坚固之铁窗，囚一真人大小重可数百斤之纯金佛,头戴尖帽,面带烟容,身饰各种宝石,尤以驴皮红石为多。闻据现下行市,此金佛之金价,即值数十万元,故不得不囚之铁窗重锁中,而香花特甚,真所谓拜金主义也!

此类殿宇及佛座,高大错落,形式不一,接连无隙,往往佛座后,埋一白石巨佛,斜身遮没,为人瞥见一眉,逼促得令人伤心。惟因其胸前,有一席地,为功德者即建一佛座,先建者似较有行列观念,其后陆续填塞,罔有纪极大座以石或砖造一长方箱,上耸一尖顶,然后施以金饰,务显雕刻纤巧之能,颇如一件首饰,佛即置其中。倘为贵重品质,便即关以铁窗,历时既久,施主或亡故,则金饰剥落,渐有骨董之姿,故新旧殊不一致。

此言金塔周围贴身之殿宇,与佛座也,大小约有八九十及百,并外围即宽广整齐之云母石铺的人行道,阔二丈至三丈。塔不可登,由平地而登塔座之门,东西南北各一。吾等所登之门为正门,故商肆咸集。

人行道外围仍是庙宇,中一例供奉白石年轻佛像,比之小学生上国文课,人人有书册,书虽多,但是同样东西,此处佛像仅有大小差别而已。以艺术眼光观之,尚是初民格调,而无初民率直之生气,益天下第一呆板文章。亦有一二卧佛,同具最高级之呆板。在此无数殿宇中,有中国人建殿一,佛像,貌较俊秀,同人于是自豪。正门及顶处,悬有中国匾额一方,此外沿之庙殿,适如城墙外围,甚少统计学家做一精密计数。

原有古树,皆为保持,颇有奇形怪状者,有就巨榕盘根之隙纳一佛像者。居然在此类建筑物中,为吾等发见一藏书楼。其第一任会长为一华人。是日会所内,集七八少女,整理各种真伪之花,准备点缀佳节。

此处媚佛,不用香烛纸马一类贿具,细香一烟,燃于佛前,亦不恒见。拜佛者,就吾是日所见,以少女为多。大抵面抹可制糕饼之粉,挽一置于脑后之髻,衣短白纱底贴身小衫,掩其平平双乳,围一长裙,恒淡绿色,赤其双足,而拖着如巨舟宽泛伸张于踵后两寸许之大黑鞋。行时沉默,不言不笑,有携子女而来者。其拜佛也,双手向前，握一束香花，花恒白色，将其轻盈飘娜之身，一扭而委于地，自然安放，如懒坐之态，并非跪下。其身或偏向左，或偏右，如拜者意，佛当无所计较。严缄其口，不宣佛号，亦不诵经，但历时颇久，似以殊为冗长之愿望，向佛祈祷者。其不可及处，则双手举花，不感惫乏，当有训练工夫，非同小可。小弟颇为着急，意良不忍，而少女祈祷亦毕，仍是一扭而起，将花插入佛前之痰盂中，安步而出。

至于男子之拜佛，形式便有不同，其跪倒时，左膝曾着地，右足不与之一致，双手举花，口中念念有词，其中不少穿短背心之放恶债阿拉伯人。其不甚可及处，亦在其双手举得好久。往往有一身披深黄色长布之和尚，逼近金佛前诵经，有领导者样子。

吾人巡礼大队，或停或止，滑来滑去（地上往往有油），想到月满张灯夜景，必更可观，于是晚餐既毕，卷土重来。

赤足由西门入，为最壮丽之柱廊，圆柱两列，皆以真金贴饰，每列五六十柱，由下而上，可称伟观。既及塔座，人行道之近塔一面，皆布油盏，星星满地。

有数处十余人集合，头缠白布，击锣捣鼓，吹中国喇叭，又有合唱团，唱时颇整齐划一，皆席地坐着，亦有一和尚为导，团员大半胖子，高声时，颇有动人表情，因其认真，观者不便发笑。其地蚊虫不少，唱者击节，顺手打去。忽然唱止，即燃起息敢烟，吞云吐雾，缭绕一堂，仍不站起。徐苏灵君为摄一影。

最多之和尚，皆是青年男子，体格亦多壮健，口吸息敢烟，做许多闲人所做之事，不能悉述。

中国冬季，即热带最佳节候，缅甸、印度之雨落完，天气转变凉爽。仰光除大金塔外，尚有两湖绝胜，曰维多利亚湖，曰王家湖，皆在极繁盛之森林外，而维多利亚湖尤宽，赛舟小者亦多。该地巨富，好建别墅于湖旁，其岸高出湖面一二丈，故尤觉美丽。

邝先生导吾等荡桨湖上，微风习习，已无暑气，夕阳乍敛，装成满天晚霞，嵌入蔚蓝天底，倒影入湖，光胜上下。远处之云，渐渐掠过，在金光上，浮起一层淡紫，愈远愈深，幻为各种鸟兽形状之黑点。此时主宰大地之皓月，正在对方涌现，晕于周围，群以为风兆，亦大佳事。

如此风光，可以无憾，同人便开始担心重庆夜袭，又念此时南宁争夺之战，无心耽赏美景。此时肚子饿，不遑追究结论，晚饭后返市。

竭仰光所有之美味，烧烤于道旁，此类多到不可胜数之少女，总是长裙委地，娇滴滴地，把身子一扭，扭在地上，或离地六寸高之板上，右手捧着面条大葱辣椒酱油之属，撮成一把，往口里送，极是津津有味。吃完将肚子一瘪，从腰间取出几个铜板，挺起肚子，张开两脚拖着大黑鞋，一步一步，有时两眼向旁边一瞥，用菊花指头在齿缝内，排出些东西，高高兴兴，向最热闹拥挤的人丛中钻去。宽广之马路上，距离一丈二、四尺高处，结成天网，从网上齐齐整整缀上各色电灯，远处渺然密集，向近展开，直达身后，光怪陆离，宛如置身迷宫。竭仰光所有之舞剧、杂耍，在临时搭起之台上表演，如其白石年轻佛像，有同样之神气。有以老虎为商标之店，在一高台上搬出甚多假虎，有的走来走去，有的尽翻斤斗，向客就叫，此种玩意，引致嘴吃东西之孩子不少。形形色色各种民族，各种打扮，而缅人之特点，仍在不言不笑，雍容静穆。

有一条中国街，商业尚称繁盛，仰光大学中，闻有几位名教授，尤以那位研究中国佛学之英国教授，为有名于世界，惜为时太促，未往参观。动物园亦罗致珍禽异兽不少。一言以蔽之，在文物观点上，仰光不失一美城子，若上帝许减其热度二十五度至三十度，便不难成人世天堂，为此无顾虑、不言不笑、一切希望献诸偶像之民族之极乐世界。

二

弟由星到印，舟行停滞凡十二日，十一月二十九，方抵加尔各答，即有多人迎接，遂即偕谭云山先生去住在大陆旅馆，每日连早晚五餐，七卢比一天。此处旅馆多带吃饭，甚为方便，直到住了一星期临走前一日，方知有其他不带伙食之旅店。

其所以逗留加城一星期之故，非为在博物院考古，亦非为缠绵十亩之大榕树之植物园游玩，复非流连那美备之动物园，更非为伺候那谦恭和易之吴忠信先生（吴赴西藏，在仰光相遇，在此常过从），乃是那舅子的税关，他必定要我把七八箱满满装着中外古今的画，一幅一幅点验、盖印、登记、估价，并且交保（否则须照估价预交税百分之五十，他日离印时画未卖出发还，但须扣除百分之二十手续费，现因交涉在先，故免预交，但出卖赠送遗失，均须照税百分之五十）足足费了一星期之久，真不是东西。

现在我自己购得有卷轴的国画及西画将近六百种，加城有侨胞五千余，殷实者亦有数十家，但最大资本无过六十万者；故较之南洋气派，相去甚远。有印度报一种，传布国内外消息，似乎较之星洲商人机关报，较为纯洁，有四五个学校，散在四方，弟到之第五日，即有两处学校，联合开欢迎会，三四百学生，皆穿童子军服，及儒绅数十人参加，为况极盛。弟当然勉励以爱国团结等等精神，及告学生立志刻苦发奋体验。

十二月六日上午十二时少三分及抵圣地尼克坦。国际大学，位于加城之北百英里左右，寥廓无垠之平原上。附近有一河流，原为泰戈尔诗翁（已见，真如神仙中人）等人之别墅，占地千英亩之上，有大树数千章，故远望之，苍葱起伏，蔚然深秀；来学者多攻文哲历史语言等科（中国学生只四人）。尤以美术为全学府之精彩，除本院有绘画雕塑外，尚有音乐歌舞院，一切组织，盖本于此大诗哲之理想，非如世界各处学制，悉依功利计划者也。

美术学院院长，为南答拉·波司先生，乃今日印度最大画家，年尚未五十，而全印有为之青年画家，几乎皆出其门。院中有博物院，陈列可致之古今美术品，藏书室，罗致东西洋印刷品极为丰富，弟所带中国画册数百种，亦将悉数捐赠此处（大学存书极富）。

印度新兴绘画，专重意境，是纯粹之抒情诗，其方式仍保其固有面貌，故特多图案意味，弟将为专文论之。

此间有研究院（学生只百数十人），大学中学以及小学（共六百余人），因是乡间，故极其幽静，鸟语花香，此时窗外五尺处即有一中国少年见之戴胜修頜（此间之鸟，略不避人）。乡农生活，亦似不恶，弟触景吟得两句："黍谷成食欣大熟，江山自古爱清秋。"此时晨夕，须御驼绒袍子（无着西装者，弟将购粗布特制一种衣服，因穿西装，自觉太俗）。但劳动于日中者，仍是赤膊，此地有木棉花，一如广州，再过一月，可以在和风荡漾中，见其煊赫满树红花，偿我宿愿（我未尝见过）。树木长青，多不识名，椰树则短干，叶聚为一堆，略少韵致，看去其心亦吃不得也。草以无雨渐枯绿色间于灰黄色中，仍有温口之趣。弟有时间步在学校边境，有时即在中国学院平顶上，迎接太阳，几有鸢飞鱼跃之乐，惟孑然一身，良朋渺远，故园灰烬，祖国苦战，时兴感慨耳！

弟在此极受尊敬，不久将开会展览，明年一月底，将在加尔各答公开展览，且明年为任伯年入世百年祭，弟将在国际间为举行展览与宣传。印度生活极贵，各物皆较星洲高出两倍至三倍，尤以木器为甚。弟当日去下之烂木条，在此可值数百元，今颇惜之，因省不得也。印度人大概和善、亲爱，知识界尤可爱，其女子服装甚美，远非中国所及，此请诸位老友年福，恕不一一。

（酬捐文协）

徐悲鸿敬启
（一九三九年）十二月□日

三

一九三九年十二月十四日下午三时，在秋高气爽之圣地尼克坦国际大学，吾与谭云山先生及其夫人，方步出中国学院，大学校长Chanta先生，即趋车相送，抵美术学院，同人咸苾止，院长大画家南答拉·波司Nantalal Bose肃客入门，吾等除履于户外，见门庭之中及四角，皆印白花图案，一星期来布置完竣之展览会，灿然出现，入大厅，共参见举世尊为圣人之泰戈尔诗翁，翁年七十九，须发全白，虽不健步，而工作终日不倦，谈笑往往亘数小时，饮食简单，而量不减恒人,其亲爱慈祥之容,能泯灭见者一切贪鄙之念。翁先笑语迎客,厅长方形,宽约十步,长可二十步。光来自顶上,是日集校中研究院长、大学校长、秘书长、各教授及夫人,凡百余人,厅左置一长方桌,罩以本校专家设计自制极为悦目之毡,毡上以盘罐,陈各种香花,长桌与壁之间,安两椅,桌侧面各安一椅,泰戈尔先生肃吾与之并坐于上,坐谭云山先生及夫人于旁两椅,来宾皆席地而坐。吾即开始不安,而泰戈尔先生即致辞,称吾为沟通文化之使者,历述中印文化沟通之重要,并举东方文化之精神,与欧洲人之缺乏此种情形,以演成无穷极之屠杀,故东方人有此任务,以其精神,拯救世界。词甚长(当另稿),余答言:"承先生以此神圣事业相勖勉,并令我参加此项高贵之使命,为我生平莫大之光荣。自维才智短浅,弥觉渐惧,吾中国喻一完美之教化,为时雨春风,吾初来印度,尚未知其一年中气候如何,若吾中国,在严冬之后,一入新年,便有春风冉冉,间以微蒙之雨,于是草木蔚然而茂,鸟自然鸣,花自然香,举出所知圣地尼克坦,便是如此精神境界,吾恒以为此世最少在中年以下之人,咸应一来此间呼吸和爱之空气,沾溉光明之德泽。换言之,即来领受泰先生之布施。在我个人,本应在吾国服务于其艰楚之际,惟于机会之难得,便匆匆稍尽国民责任以后,即应命来到此时雨春风中了。上帝虽是万能,有时亦忽略人类之小趣味,往往在东方长得好的东西,偏偏在西方,西方最需的物料,却又长在南方,例如欧洲人最普遍食品番芋,乃数百年前从南美洲移种,我们的菊花,近顷方植根欧洲,而世界上无比之中国五大香花之一的水仙,听说乃由荷兰迁来,但其在本土,却无如此香味,因此我想我们人类,因料理自己,做些跑腿工作,也应当的,中印两大民族关系,一向基于非功利及互助精神上,由传统的方式来说,凡来往的人,当带些东西来,还当带点东西去,往古大哲,可不必举,即我们的谭云山教授,便是个好榜样,惟在印度高深博大之文化上,当然他需要人家的东西甚少,所以我个人的希望,乃想带些东西回去的。我们泰先生,早已将其光明之炬,在世界燃起,我们只须本其启示,向前迈进。我虽能力薄弱,但不敢懈怠,永愿为真理努力,至于我们之大艺术家南答拉·波司院长,布置成如此美备之展览会，于如此恳挚雍穆之集会中，加光宠于我，诚永铭肺腑。"我说完，便有一少女，以鲜美制成之项圈：泰戈尔先生颈上，并亲其足，以次及我与谭先生伉俪。又一少女，以玉簪花蘸其盒中香粉之浆，印泰先生及吾与谭先生夫人额上，此仪式之高贵华美，又一度令吾惶恐，于是少女五人，人执一事，相继以香花合制之点心，三甜一咸，佐牛乳红茶飨客，诸女郎皆服印度曼妙宛转清丽简雅之服饰，顿觉欧美妇女太重人工，与远东女性披挂，毫无意识，事实俱在，并非耳光亦北京好也。食毕，各自离席，欣赏展览会杰作。泰戈尔诗翁，全印人及欧人之来见者皆称之为世尊Curudeva古鲁德阀，是日御广长大袖之黑衣戴黑帽略如吾藏画中任伯年所写之白乐天，容色皎白光润，鹤发童颜，信有少陵所谓"汝阳让帝子，眉宇真天人"者，吾必写之，并象其为摩诘，以毕吾愿也，至吾自己，则着深青粗布铜（纽）大袖之长袍，比穿西装似乎好看些。

展览会陈画不过大小百余幅，从二千年前Aganta安强答壁画摹本起，以至民间画匠之作（即以贱价售其作品，为乡人家张贴者，闻乃数人合作，勾稿者设色者甚至涂嘴唇红色与填头发者皆由各人分任工作）皆备，令人观览后，得一整个印度绘画概念。其间，如当代艺界文老泰戈尔（即诗人之侄年与相若）、南拉答·波司二人乃近代印度艺术之华表，皆有多种精品陈列，以及加尔各答国立美术学校校长MukulDey合体本校教授与历届高材生作品，分二十年前及最近二十年以来两大部，俾了然于其过程及倾向，正中陈列泰戈尔诸翁之画十二帧，略近我国文人画，惟翁所写人物，尤为别致。此翁天秉独厚，兴趣洋溢，其中最有趣之一幅，乃其文稿之一页，彼以钢笔将涂改之字句，填没而曲折之，远望之成一数龙戏于岩岸之景（乃我为拟之题，彼原无题）。印度近世大画家，如泰戈尔、波司之作品，专重意境，幽逸深邃，如写黄昏，如月夜，皆能圆满成功。在中国画上，从古至今，仅有抽象方式，而日本画中肤浅之演染，不能竟其功能，欧洲近代作家，如法国之甘帝（Cagin）、梅南尔（Monard），意大利之塞冈第尼（Segatini），或语清丽之诗，或奏悠扬之乐，均能在画上特辟蹊径，超轶乎尘俗之上，并不需将人写成鬼样，吃不得的水果，可当灯用之动物，与翻天倒地之风景，而始成超现实主义也。

致汝进（张安治）（二封）

一

汝进弟鉴：

白石册页接得，邮票尤洋洋大观。近作四张，命意与章法均好，且见弟等之努力也。此类行动，乃对于嫉忌者最具辩才之答复。关于四作应有之内省，我有些许意见。

中国画老法，是勾而后渲染设色。只有花卉，方有先赋色，而后勾筋，以显浑厚。我画树后之岩石，恒先画石（须先确定明暗方面）。下笔先施淡处，最好避免皴形笔法。重墨所在，务须留住，不可全部笔调浑融。否则不重，便无气势。近处浓墨之树，可相机行事，留心于画石不到之地下笔。有时可空出一双钩之枝，以具阴阳。而有多数凝重之笔，渗入淡墨之隙，于是再俟干时，补缀不足，自然墨有韵有彩。笔法看似变化，而尽合度。画人亦然，先施淡墨或彩，则勾勒有需有不需，便得意到笔不到之妙。若一例先勾后染，即无出奇制胜之功（因已匡廓在，不致走失也）。

老战士幅最佳。白先生购去之幅人物极好。马腿少研究，树须双钩，近石究未成功。画远山以笔尖蘸水，笔根在上，自然如愿。总之，作画终当以精妙为目的。即得佳题，不妨再次、三次写之也。

四作我将送刊物刊出。

我衣箱不怕湿，因极密，湿气不能入，且不怕湿，几件布衣亦值不得什么。吾意将铜器雕刻（唐三彩一马未知弟为补好否？此后亦成宝器矣）运出，重要书籍、印刷品相机办理。我所虑者即一旦形势太紧，便顾不到我这些东西，交通工具又不够也。

　　此问

近好

悲鸿
（一九三九年）

二

安治弟鉴：

　　得手书，欣知作品在英伦展出，倘进展顺利，亦是立名之机。惟即是成功，仍须不懈，治艺之勇，乃为真有得耳。

　　弟等学费颇费进行！此时国币日落，外汇益高，我虽竭力设法，但未能减去忧虑，因一日未能买到外汇，一日不放心也。

　　此问

近好

悲鸿
（一九四八年）一月十五日

致蒋碧微（二封）

一

碧鉴：

三年以来，汝率两儿在轰炸之中，坚苦支持，虽增强了汝之志气，却愈刺激我之悲痛。而此两孩曾亘一年无一书，想起终日遭受空袭之烦闷，无论如何，远方之人毫无恐怖，便不当以大较悠闲之心情，以责备挣扎者之任何一切。逝者如斯，言之惆怅！吾今特致慰于汝，并告汝一重要之事，林语堂兄来函，美国援华联合会邀吾赴美，举行中国现代第一流画展。我之川资由各方友人相助，至美后便无问题。汝倘蠲弃前嫌，我竭诚邀汝同行相助。所悲两孩皆在成长之时，携之同行，力所不能，必须托一好友。我此时想起杨德纯先生（庐山会过）或吴蕴瑞先生（杨先生住弹子石群力工厂，交情够得上），我希望在八月二十可以起程，汝如同意，须在得书后三日之内（七月二十以前），给我如下一电：Oni, Jupeon Chinese Consulate, Kuala Lumpar, malaya Pillevi（译文为，徐悲鸿，中国领事馆、路名、马来亚、碧微）；便即于八月十五以前乘飞机至港，在中华书局可询得我住址也。吾今假定汝能同行者，进行护照等事（我自己有护照），美国签证颇难，但似乎可设法，如有其他一切困难，可往见季陶先生，并托黄君璧先生代办一事，及征求吕凤子先生精作数件。祝汝安善老丈前请安，两孩并此吻之。

悲鸿

（一九四一年）六月二十五日

金马仑山中

二

碧微女士慧鉴：

汝伤痕太深，有如铜镜破碎，不能再治，我自知每被见面，必致汝增加愤恨，抑吾并知关于我之一切，亦将令汝厌恶。我之于汝，将成一魔，便令吾自责，亦徒然也。吾此往当力知自处，然此半关命运，非全属人事。兹托斯百弟携上五千金，备两儿入学等之用费，伯阳须俟开学后，我方能完全负责。此两月中倘须偏劳，诚自愧也。

敬祝

暑安

并敬为大人祝福

悲鸿启

（一九四二年）八月十一日

致李苦禅

苦禅仁弟惠鉴：

　　自今以后，弟在校所任之课为鹰、鸡、茶花、荷、竹五种。务将鹰之飞翔、休止，鸡之欠、伸、啄、争斗，茶花花芯、花蒂、枝叶，荷花嫩莲、老莲、叶之反正勾筋，竹节、竹干、枝叶及其风雨中姿态，务极精确。（每三星期学成一种，周而复始，第三星期作为考试）用专责成，务祈注意。此颂

暑祉

　　　　　　　　　　　　　　　　　　　　　　悲鸿顿首
　　　　　　　　　　　　　　　　　　（一九四九年）八月五日

致蒋兆和（二封）

一

兆和吾兄：

　　请将兄之旧作六幅，含有社会意义或生活情况动人之笔精选，预备送至苏联。弟建议：倘无过渡一段，必不精彩。同人现纳鄙见，惟须先展出，请人一看，故请兄选出十幅，再决选六件如何！

　　此祝

俪安

悲鸿
（一九五〇年）七月十一日

先送来学院，预备展出。

二

兆和吾兄：

　　请将大作选出十幅，在明日（星期一）送到学院，以备展鉴。星期二日下午，可约友人来一观。弟此举为参加苏联展览，企备极慎重也。

　　此致

俪安

夫人同此

悲鸿顿首

星期日

（一九五〇年）七月十六日

致许广平（二封）

一

广平夫人惠鉴：

　　鲁迅先生像几次翻印，多费时日，兹奉还，感谢之至。

　　敬请

勋安

悲鸿顿首
（一九五一年）五月廿八日

李铁根先生处已寄。

二

广平夫人惠鉴：

去年在捷京任招待之碧黛夫人，拟翻译鲁迅先生作品，托弟询问您的意见，应先译何种？全集盖有所待，请见示，俾转达尊意，彼名碧黛，曾在法国学中文，径作书由弟转尤佳。

此致
敬礼

悲鸿

（一九五一年）七月七日

彼等已译《呐喊》《野草》《彷徨》，彼又问有无《鲁迅年谱》更详的？

致尾崎清次（四封）

一

尾崎清次先生：

您的来信已经收到。非常感谢你的诚挚的友谊。

我最近两年来患血压过高之症，遵医生嘱作时间的休养，除参加一些必要的活动外，还不能作画，所以近期作画很少。但在我休养复原后，当继续提起画笔，为人民贡献力量。因此非常抱歉，对您提出的要求，谨寄上木印作品一幅，聊表敬意。

借此次和您通信的机会，想拜托您一件事情：大概三十年至四十年前，日本曾出版过几本画集——渡边省亭画集及竹内栖凤画集（按：徐先生在这里特别注明"并非木刊"字样），我很想能够购买二部。如果您知道的话，就请您到旧书店代为搜集，价格亦请您来函告知，我将以同等价格的画刊寄奉给您。

五月五日我参加了北京举行的"日本人民艺术家木刻展览会"的预展招待会，参观了包括您在内的日本人民艺术家的木刻作品，对您们在木刻作品中反映日本人民生活和斗争所作的努力，谨表敬意。在此我并提出冒昧的请求：我很希望日本人民木刻集团所作总题为《一九五二年五月一日》中的《新宿事件》和《向突入人民广场的示威队伍声援的人们》两幅作品（原作者无签名），请您商请原作者，是否可以各印一张送给我，以为珍贵的纪念。这不客气的要求，是出于对您们作品的热爱。

谨祝

身体健康

徐悲鸿顿首
（一九五三年）五月十二日

二

尾崎清次先生：

　　竹内栖凤画集第一册已收到，感谢无极，其中确有杰作，名不虚传。人民美术出版社为弟印《悲鸿墨画选集》，下月可能出版，将奉寄请指正。六月间山本熊一先生见访曾托致先生印画两张。山本先生未知归国否？又鄙藏唐画《八十七神仙卷》（朝元仙仗原本），本年可出版，亦将寄奉。先生保卫和平不遗余力，至为心佩。

　　敬此申谢，并请道安

徐悲鸿顿首
（一九五三年）八月六日

三

尾崎清次先生：

　　连接二次大札，拜读之下，实为欣慰。承您百忙中代我搜集画册，并获得《栖凤画集》，谨向您表示感谢。我非常赞成您所提的每半月邮一册，庶免失落的寄送办法。

　　齐白石先生闻悉奈良博物馆欲举行他的作品展览，甚为高兴，认为此事在交流中日人民文化艺术上将有贡献，因此他委托我把他的三张作品寄赠给您。此次同时寄给您的还有古元先生的一幅木刻原拓，请您哂纳。

在听到日本将于本年十一月举办"拥护和平美术展览会"的消息后，此间的美术家都很高兴，美协方面也愿尽力搜集有关资料，并于日后给您寄去。相信这个展览会将更进一步地推进中日人民文化交流，同时也表达了中日人民的日益紧密的友谊团结。

承见询我的身体已见恢复，惟须继续休养，尚不能作画。待完全复元后，当把我的新的作品寄赠给您。

随函并附去赠给您的一些美术品，请您查收。

祝您

健康

徐悲鸿

（一九五三年）八月十日

四

尾崎清次先生惠鉴：

《栖凤画集》第二、第三两册均收到无误，幸事。油井先生木刻承先生见赐感谢之至。油井先生作风淳朴，尊赏不谬。又铃木先生大幅木刻，亦见气魄。至上野诚及泷平二郎先生之作，皆收到，实所慰心，少俟数日皆将有酬之也。贱体日渐平复，惟尚未能作画，气力不充，精神尚惫。李桦先生允再拓三本版画，奉赠先生。日本和平运动得先生等竭力主持，所谓威武不屈，感佩。先此申谢。

敬颂

道安

徐悲鸿 拜

（一九五三年）八月廿六日

| 艺术探索 |

法国大壁画家薄特理传

世界古今大建筑，自埃及以来，除中古时代故为神秘之哥特教寺以外（但有花玻璃画圣迹），未有不饰以壁画者，虽吾中国亦然。惟最近之二十四年以来，此民族方自认为没长进而退化之部落，徒知挥霍民脂民膏，不敢步武文明伟迹，惟建白壁大厦，敷衍了事，死不争气，无可如何。欧洲大画家，上古如波利格诺托斯、阿佩莱斯，中古如乔托，文艺复兴如马萨乔、格列柯、达·芬奇、米开朗琪罗、拉斐尔、弗朗切斯卡、哥佐利、柯雷乔、委罗奈斯、丁托列托等，皆具磅礴之气、高迈之才、广博之艺、精深之学。用能举重若轻，创造杰作，发扬文化，彰其功能。若仅如吾国文人画梅、兰、竹、菊，及法国画商派死鱼香蕉，而欲令乔托与但丁相提并论，与文艺复兴之伟业，岂可得哉！以法国画家而论，最伟大者，无过壁画家夏凡纳、薄特理，实其先进。而薄之架上油画过于夏凡纳，且为大写像画家之一，故先为国人介绍。保尔·薄特理生于法拉罗什省（一八二八年十一月七日），其家世业工艺美术。有兄弟姊妹十三人，薄第三。少时，其父曾令之学音乐、奏提琴，忽转趋向于素描。其时薄与数兵士为友，屡屡写之，或速写，或素描，或以色绘。一日，集而陈列于其县政府之展览会中，大为人所惊动注意。于是有一素描教授萨托利先生者注意，夸奖之，并告其须赴巴黎美术学校，益精其业。县长莫罗先生，在县参议会提议，资助此少年有才之薄特理补助费，年五百法郎。通过。县之善者，复以为太寡，又增益三百六十。一八四八年，薄特理至巴黎，入德洛林之画室。一八五〇年，薄遂得罗马大奖，竞试第一名及第。其题为《阿拉克斯河上寻得兹诺比之尸》。

薄在罗马每年寄回之杰作甚多，但皆染意大利古代大家作风，其个性尚不全具。如：《雅各之挣扎》、《富贵与爱神》（一八五七年）、《一信奉灶神女之请求》（一八五五年）等等，可谓均为重要之作。顾薄后日轻盈高逸之趣，尚未发现。

一八五三年薄自意归国，意向多在裸体及写像一途，其作品如《勒达》、《抹大拉》（南特博物院）、《维纳斯之晨妆》（波尔多博物院）、《珠潮》等等，皆极妙丽。虽有时觉其过于注重部分，但在意大利古画上之赭色，已不再见。尤在其《维纳斯之晨妆》幅中，定其后日理想中雅艳人物。一八六一年，薄写《夏洛特·科尔代》历史之图（今藏南特博物院），富有热烈悲壮之情，乃薄惟一之历史画。可见此壁画名家，未尝不具真实近情之笔法，特其性非笃好之耳。

薄既少兴趣于历史，故亦不从此下力。顾其磐磐大才须有所发，乃转其情于壁画。向者已为吉尤姆家中绘四时节序造其端。一八五七年，又为纳塔亚克家中绘两图，又为加利拉家中绘意大利大都会罗马、极诺凡、威尼斯、佛罗伦萨、那不勒斯，一八六三年又为法国著名织画所戈伯兰写五行及四序，一八六四年惜于第三次革命之际焚毁一部。均脍炙人口。逮巴黎大歌剧音乐院建造，大建筑师加尼叶建议，请至绘剧院壁画。加尼叶初尚欲任另一画家分绘一部，终委其全责于薄特理。本定酬金十二万法郎，薄既绘全部，工作十年，亦未索其补足之费，故有人谓其材料之费即当有此数也。

薄自膺此重命，孳孳不懈。更作意大利之行，研究古代一切壁画。临米开朗琪罗之在西斯廷教寺者多幅，复潜心柯雷乔之作，又赴英国观览拉斐尔之教皇宫织画原稿，用为揣摩。准备数年，然后从事。

薄特理即自闭于歌剧院圆顶处之一大室内。四面通风，稍不留心，即致疾病。薄身衣暖袄，夜里睡眠于是室之一角，昧爽即起而工作。计全部壁画计天花板三，环门十二，门角十，壁画八，合计凡五百平方公尺，可谓宏巨惊人之工作。以量而论，为法国古今第一宏巨壁画；以质而论，亦近代最华妙典丽之油绘也。此工作曾被阻于一八七〇年普法之战。薄爱国激切，投义勇军，参与军役，在巴黎附近作战。至一八七四年工作完成，薄劳瘁几毙，休养于旅店中，断绝宾客。其全部壁画，未置放屋顶及墙壁之前，曾先展览于国立美术学校中。两月，获入门费三万四千法郎。薄乃以此数大部捐入美术家救济会。因避赞美者之纷扰至于远奔埃及，可谓盛矣。

及美术次长什纳维埃尔侯爵，以国家之命，请薄特理为巴黎万神庙昭忠祠作壁画也，薄复兴奋。盖其题乃历史上捍卫国家之女圣贞德圣迹，大可显其爱国精神与史家想象。而以神秘及象征之艺术，光大其谟烈也。一八七七年薄致书大建筑家卡尼叶，曰："吾集全力，以赴此女圣纪功之作。天其佑吾，令吾艺能及其崇高之德也。"薄计拟作六幅：《贞德女圣聆天命》《王会于西农》《胜利》《入狱》《被刑》《凯旋行》。薄性最真实，遇此史题，乃日日搜求一切服饰、衣冠、兵车、甲胄。惜此图终未写成（此图后为其同学勒纳沃所作）。薄又为法院写一壁画，题为《法之胜利》，绝庄严典丽，陈于一八八一年沙龙，得荣誉奖章。一八八二年为纽约柯纳吕斯·旺德拜特宫绘壁画，题为《女神之婚宴》。又《圣于培之晤神女》《神逸》，皆为巴黎近郊香底伊宫所绘者也。

薄患心病，赴枫丹白露休养，国家以王宫内猎神阁与之居。其友欧仁·吉尤姆往访之，见其迷乱恍惚于深林之中，心为不安，乃偕之返巴黎。乃于一八八六年一月十七日终于田野圣母院路画室中，年五十七。其信札（一八八四年——一八八五年）公布，人咸感其心之纯善与其文笔之妙，有异乎其平日寡言笑之似少情愫云。

薄特理之素描，极锋利敏锐，开古今未有之格调。其绘，则娴雅高妙；其设想，皆逸宕空灵，与田波罗为近，而传神之精妙过之，盖二百年无此伟大之壁画家矣。至于法国，可谓首出之大壁画家，为夏凡纳、倍难尔之前辈，而蔚为法国美术之无上光荣者也。此三人者，虽与十六世纪威尼斯大家抗手，可也。

薄仅中材，而发黑，目光炯炯，性极沉毅，人称之曰"小伟人"。生于法最强盛之世，与文豪爱德蒙·阿布及于勒·普勒东（画家而诗人）友善，二人皆叙述其生平。歌剧院之壁画，虽如此妙丽，但高远七八丈，莫能逼视。吾持远镜，以观剧之便，杂稠人中观之数次，但不畅快。信乎人之作品，有幸有不幸也。屋顶天花板画人物，均须飘然飘举，仙姿遐逸，最为难写，历史上鲜得名手。至薄特理，乃觉其自然高妙，真有聆《萧韶》九成之感。神人以和之乐，而学者往往不能举其名，信艺林之耻也。吾人今日诚处黑云笼罩、杀气森森之世界中。所谓我生之后，逢此百忧，诚毫无生趣。但先民光芒所遗，足以慰藉吾人之物，嘉惠吾人者，其在欧洲，良不可以数量计。苟得浮生半日闲者，大足直接领受，一畅所欲，醍醐灌顶，心神都快。奈何为享受目的而设之局，乃布一暴戾丑恶之场面耶？夫美术者，超现实之物也。夫指为超现实之物，仍复是荒秽丑恶一套。且视现实，尤为荒秽丑恶，惟日不足者，真不识其人之性，犹牛之性欤？抑何种根性矣。李铁拐为仙人之一，奈何必指跛子而始为仙人之真象乎？

一八三五年

帕提农

　　雅典安克罗波（Acropole）高岗，乃希腊之圣地。俯瞰全城，凡八十公尺，其面积约三百亩。其间兴亡之路，攻战所争，纪元前千五百年，已建其基。其隆也，于以筑壮丽之庙；其替也，则遭外族摧毁。纪元前五百十年顷，雅典因政争，其民主党首领克理斯蒂鉴于历来为政者，以祀神邀民望，更欲张大神宫，显其伟烈。于是计划建雅典保护女神雅典娜庙，即帕提农所由来也。顾因梅弟之战（公元前四九〇年），工事停顿。逮雅典于马拉松击败波斯倾国来犯之师，于是阿尼斯蒂更扩大克理斯蒂计划，取多利亚式，积极兴工，基础已奠。故第二次梅弟之战（公元前四八〇年）又起，希腊人悉避守于萨拉鲁瓦，波斯人因入雅典，得一奸细导引，因攻入安克罗波岗，毁其群神庙，杀其守者。（公元前四七〇年）雅典终战胜波斯，即思重建岗上群神之庙。特米斯托克乃先令拾乱石建一高五公尺、厚四公尺之城，希姆诺继之，及伯里克利为政，遂有世界古今至美尽善之帕提农。

　　帕提农者，乃安克罗波岗上之大奇，安底克（Athique）派中之杰作，亦雅典人爱情与骄傲之所寄附之建筑也。其基地高固，无所偎傍，列柱高耸，卓然矗立，不为物蔽。伯里克利之思复兴安克罗波岗群神居也，第一念，即及帕提农。故即委其任于其友，古代第一大雕刻家菲狄亚斯指挥一切，而大建筑师伊克帝诺斯及干理克拉堆史助之。吾人苟览其计划之图，可见出于一大雕刻超妙之意象。盖未来之种种雕刻珍奇，胥于是凭倚，而菲狄亚斯手创之妙丽之雅典娜女神，即供养于是也。帕提农意译为群贞女之居，其初仅拟为一高堂，供养雅典娜，至纪元前四世纪，乃被世人一致名之帕提农。

其工程始于纪元前四四七年，成于纪元前四三八年。落成典礼举行于雅典人四岁一次盛大之巡行祭期，娱乐连日，万众欢腾。至其内部壁画及木器之装置设备，至纪元前四三二年方竟事。此帕提农，可谓实现伯里克利、菲狄亚斯、伊克帝诺斯三人高亢之合奏。其简雅之柱，皆多利亚式，竭森特利克之美玙，历久稍黄，弥增沉艳。其高为二十一公尺，其列柱建于三层基石上，每层五十五公寸。庙长六十九尺五十四寸，宽三十尺八十六寸，长方形。围以列柱四十六，两旁每列十七柱，面各八柱（在四角之柱两次计数也）。此柱并非用整块石制，乃匾鼓形堆叠而上，十鼓或十一鼓为一柱，柱高十公尺四十三寸，柱之下面剖面直径为一公尺九十寸，最上之柱剖面直径为一公尺四十八寸，柱凹纹二十条，柱上屋檐，饰以铜盾，至亚力山大时，以镀金之盾饰之。壁饰以浮雕，两头三角额饰以美妙无伦之高刊。额须与额角，皆饰以铜兽以资牢固。天花板，亦以云母石为之。瓦则帕罗斯岛产之云母石制。惜今日庙顶早毁，不知瓦形如何也。

庙内部亦长方形，长五十九公尺二十五寸，宽二十一公尺七十五寸，高于外围两级，由东西两面之六列柱门入。两旁墙围之内，分四部。庙前殿，正殿，帕提农，后殿。前殿由东门入，拾铜阶而升，除所入门以外，各柱之间，间以高栏，西壁有一深门，人亦可由之入正殿，凡贡献于女神之祭仪，皆陈于殿前。

正殿也名 Heka tompedon，长三十八公尺八十四公寸，宽二十公尺，墙染暗红色，以九柱间之，为三部；正殿上寝殿（即巴尔堆农）有一墙，正殿以云石横间之为三部，智慧女神像即置于最后之部，其座今尚可见。

所谓第三殿帕提农者，举行大典礼时，专为少年女子而设。宽十九公尺，深十三公尺三十七寸，其中有列柱四，用以支顶，后墙有力，通于后殿，以栏间之。后殿围以高栏，盖司出纳之人守于此，庙内之藏库也直及于西边列柱。

帕提农虽多利亚式柱头，但不能指为纯正多利亚式，盖变化者。凡各处一则，一则正列八柱，多利亚式惟有六柱，因之全庙之长方形，变为更方。帕提农雕刻之重要，与建筑等，故更显美丽。多利亚式恒创，惟前后饰雕刻，此则四围皆有雕刻。寻常多利亚式庙，只有前正后三殿，此有四殿，并以正殿拥有充分之光，令四面皆见此象牙嵌宝、高十二公尺、神圣庄严妙丽莫比之菲狄亚斯手造之智慧女神。此女神为古代七大奇之一，掀动当日全世界人类赞美者也。故菲狄亚斯、伊克帝诺斯既为此女神建庙，必于是著意，则又非特米斯托克、希姆诺所计及，待伯里克利友于雕刻之圣，方有此伟大动念也。

故帕提农，既为世界最大雕刻家主持一切，则其为雕刻地者，应无微不至，其雕刻亦遂为世界人类造作之至美尽善大奇之。帕提农智慧女神虽不可见，要其额刊当亦出于菲狄亚斯之手。四周壁饰浮雕，出于其助手或友人或门弟子不可知，但皆一体妙丽，美满至极。东面额刊题为智慧女神之降生，全副武装，立于上帝之旁。此刊伤毁过甚，因入拜占廷朝，中世纪希腊人信耶稣教，改此庙为寺，在此额近建造。又英人爱尔近硬拆之倒地，运归英伦，故今日在庙额上残余，仅有数人马之头而已。据古人记述此额刊，上帝居中，坐于宝座，其后，赫菲斯托斯持一斧，刚砍破群神之父头者。上帝之前，智慧女神戎服挺立，胜利之神为之加月桂之冠，群神及女神，或坐或偃卧，适合于长三角形之额；其左为赫利俄斯及其马，又狄奥尼修斯，又地神得墨忒尔；其右则群女神，惟女神狄俄涅等为美祭典，更有月神塞勒涅与其夜车钻入一角。

其西面之额刊，题为智慧女神与海神波塞冬之争希腊安帝克（雅典所在部）。海神持其三尖叉，一马浮跃，象征海神击地倒海之威。至于智慧女神手执物击地，生橄榄枝，为彼胜利之标。两人之后兵车，雅典娜者，则胜利女神及邮神为御；海神之车，则无数英雄美人从之。今日惟在西北角留一残缺之凯菲斯及其女，与一队妇。其壁饰凡九十二块，今在庙上无多，皆将垂毁，在英伦者十五，巴黎者一，颇非出一人之手，亦互见高下，皆关于智慧女神故实。女神则不冗，盖彼庇佑其民之作战，而予以胜利。西面之浮雕，则刊雅典人战来自东方之女骑士阿马戎；东面者，则群神之战巨人；南面者为拉比脱人、雅典人与半人半马神恶斗；北面者则为战迹。此沿于墙端之妙丽雕刻，当时皆以彩色涂底，故一切人物益加凸起。

如两额,则以青底,人与马人斗之排档间饰,则以红色,其外有以彩色着于衣服上,冕上带上往往饰以金,其辉腾彩耀之景,直不可思议。

浮雕之最美者,为正殿Cella四周一百六十公尺长,约十二公尺上端一段,盖最具特性智慧女神典故也。该雅典少女,每四年一次,举行盛大巡礼祭登安克罗波岗,赴智慧女神庙顶礼,献其合绣之轻纱。菲狄亚斯盖采此祀典形式作为题材,故正殿四面,即为先后连续之大巡礼。计人三百五十,马一百二十。在西面者,作群少年,集合其祭服。而群奴则按马受羁,有逸出者,一人趋制之就范,使之整列。于是群教长、官长导行于前,巡礼者两排行继其后,一自南进,一自北进,而汇集东墙,即为巡行之终点。在众目睽睽欣然色喜之运动员目光之下,雅典大统领与其夫人献其无袖绣衫于神。此全段雕刻作风之美,真难以笔墨形容,寻常生活状态与一庄严之祭祀能融合无间!群少女皆具高贵简雅之姿,正身前行,双目平视,衬衣轻衫,笼其娇体。虽非出于一手,而浑然大和,自然曼妙,使非菲狄亚斯指挥,恐不易臻此。

从古美人都薄命,帕提农亦然,劫运线之不断。顾自纪元前四三二年直至十七世纪,尚未摧毁。一六八四年威尼斯(今意大利之一部)邦主莫罗西尼偕一德国亲王,攻土耳其于雅典,时安克罗波高岗为要塞,屯兵于此,火药库设于帕提农之内。复故意毁庙,于是正殿及其雕刻六柱,又一门柱,及其他八柱,皆倒地。至于华美莫比之额刻乃为暴徒故意摔下切碎,于是此庙体无完肤。及一八一五年,英国爱尔近爵士者,请于土耳其政府,愿运残石及雕刻与碑文数块至英研究,当蒙许可。于是爱尔近一不做二不休,将倒断于地之全部,与尚留庙上一切可以力取之雕刻,悉数运归伦敦。下议院决议,悉数购之,藏之于大不列颠博物院,成其夸耀世界之骄傲。当时有激烈抨击此巧取豪夺者,爱尔近答曰:"吾不过摹仿法国人耳。"盖一七八七年,法人舒瓦瑟尔伯爵,曾携归一帕提农浮雕,盖其早坠下,未损坏庙丝毫。而爱尔近急不择言,诬人如此。吾于一九三四年由意大利乘舟应苏联之请,过希腊,即有一雅典音乐家登舟,谈及帕提农,目皆欲裂,曰:"吾人大可请于英政府,据理追还此宝，英人无论如何，固不能还，但吾人可向之索价，因自私自利之英人，赔钱总懂得，此物应有几何物质价值，英人总懂得，吾希腊政府欠英国之债正多，英国不赔，即用相抵……"确然，倘此珍奇，尚留于庙上者，吾人诚不能如此在不列颠博物院之能逼视地摩挲耽玩。呜呼！但吾智慧女神何往而得见其面耶。吾登安克罗波岗，诚不胜啼嘘感叹之情，彼苍者天，既生此群彦于二千四百载以前，奈何续产凶暴绵绵于其后也，呜呼哀矣！

此绝代凄凉之帕提农，今日岑寂于安克罗波岗之一隅，群庙俱成劫灰，彼身亦剩残柱。幸希腊复国百年尚足自主，其国之贤士大夫，乃将残柱委地石鼓，接起柱立如昔，中虽无有，而外形不替，足供世人凭吊。诚哉，其为举世最可凭吊之地也。

一九三五年

艺术之品性

人有善恶之分，艺有美丑之殊，一如味有香臭，理有是非，相对而立，并生并长，譬诸虱苍蝇，夫乎末在，文物昌明之世，两性界划清晰，善者升张，寄恶者敛迹，暨乎末世，则汉奸亦处国中，盗贼时相接席，黑白溷淆，贤愚不分，及言艺事，则鱼目混珠，骗术公行，张丑怪于通衢，设邪说以惑众，在欧洲，若巴黎画商，在中国，若海派小人，志在欺骗，行同盗贼，法所不禁，诟骂罔闻，市井贱民，生不知耻，溯其所以能存在与寄生社会之理由，约有数端：（1）其制作极易；（2）常人以为凡艺术即美，或视若无睹，漠不关心；（3）利用人之虚荣弱点心理；（4）有组织。

（1）苟有人赴罗马西斯廷教堂，一观拉斐尔壁画，雅典派之《圣祭》。或见荷兰伦勃朗之《夜巡》，虽至愚极妄之人，亦当心加敬畏。反之倘看到马蒂斯、毕加索等作品，或粗腿，或直胴，或颠倒横竖都不分之风景，或不方不圆之烂苹果，硬捧它为杰作，当然俗人之情。畏难就易，久之即有志气之人，见拆烂污可以成名，更昧着良心，糊涂一阵，如德国之科林德是也（科初期绘画尚佳，复乃诚心捣乱）。因劳而未必有功，反多费时日精力材料也。所以孔子说："君子依乎中庸，遁世不见，知而不悔，惟圣者能之！"寻常之坚定力，如何支持得住！

（2）艺术乃文化上嘉名，尤于中国传统思想。以为惟高人韵士，乃制作书画，不闻其为鼠窃狗偷之徒，苟能书画便得附庸风雅，自然倘无行而艺可存，如严嵩、阮大铖等小子，允当别论。且尊重斯文，也良好习惯，无奈海上逐臭之夫，其蠢如牛，其懒若罴，饱食终日，热衷名利，忽发奇想，欲成画家，觅得口号，复兴文艺，实施欺骗，污辱嘉名，播丑四方，贻人笑柄。溯其所以为丑之要素，皆借"创造"两字，为欺骗的出发点，实贩卖洋货，抄袭他人，假名作伪，求人题字以眩惑无知，不必有人同情，不怕向敌摇尾，设铺开张，惟图买卖，其有出伸正义，笔诛墨伐者，社会醒悟一时，久亦忘怀，于是窃贼漏网，逍遥法外，挟其故技，卷土重来，当地之外猜疑，而已自诩成功。

（3）迷汤人人灌得进。不怕你头品顶戴，党国伟人，赠以高帽，必能欢喜，于是胁肩谄笑者，张画求题，既题又刊报章，以成要人之雅。于是得隙即进，遂成密切因缘，而要人不费半文，便得宏奖之誉，互相标榜，彼此利用，实则谄媚者，固属可卑。要人亦应藏拙，此画此书，徒供玩笑，冒充文物，夫岂可能，贻羞士林，沾污艺圃。

（4）法国画商之因广销劣画也，不恤重费收买批评家及各种艺术刊物。吾国之鄙夫亦效之，上下其手，朋比为奸，有所行动，广告随之。于是洁身自好之士，避之若浼，而大吹大擂数年，仍不见真正艺术品出现，欺骗之实，夫复奚辩。

纯洁天真之读者毋自以为不知，为外行、不敢批评。苟见一艺术品时，只须暗中有忖，自问倘我作此，我自满意否？我用功学之，到此境应须几年？他那件东西，比我所学的较难或易？如此一问，则汝天赋之评判力立现，不致为物所蒙，须知汉奸不除，国无宁日，丑术倘在，必为美术之累也。

法国艺术近况

西方人酷嗜东方艺术，一张朱红漆木床，在巴黎可值七八千法郎（约合华币七百余元），一件中国木器，偶尔破毁，法人士尝愿费数十元（约五六百法郎）之工资，以修复之。是以海外留学生，若干中国画具有根底者，可借"漆工"以自给也。中国人事事皆落人后，惟讲烹调设菜馆，尚为颠扑不破之事业。现在伦敦中国菜馆共五家，巴黎多至六七家，营业莫不异常发达。义宁陈三立先生之八公子陈登恪，即留学界著名之"巴黎通"也。尝言巴黎之大，宜有人设点心馆，精治雅室，陈设中国式之上等木器，备办莲子羹八宝饭等零食，招致顾客，其食单可每日更换，其陈设品，可以任人选购，一举两得，最合西方人士心理，惜尚无人仿行之耳！

西方女子之毅力，虽不逮男子，学问上之天才，男女本无轩轾。法国当代女名画家，首推佳运女士，其小字曰玫瑰，其作品以《马市》一幅为最著名。而本人平日最服膺之近代名家，实无过于业师达仰先生。盖法国美术界之业师，本可由学者自行选择，名师数辈，大抵著作等身，学者可先就其作品，详加研究，一旦及门受业，师弟间相得之情，每不亚于家人父子；后学晚进，对前辈执弟子之礼，平日进见，不称先生而称老师，是皆其他新进之邦所难能也。达仰先生之可敬崇，予更有深切之观感焉。予谓世界画品，别类繁多，若古典主义，若浪漫主义，若印象派，若后期印象派，若立体派，若未来派，杂目细节，姑置弗论，数其大端，终不外乎写意、写实两类，不属于甲者，必属于乙。达仰先生之伟大，正以其少年时从写实派入手，厥后造诣日深，更于艺事融会贯通，由渐而化为写意派。"大凡玄虚之理想最难实现，而先生写意之作，最能实现其理想。"大凡欧洲各国表示"正义"之图，尝绘一手持天秤之女子，而先生所作之《正义》图，仅显一女子面旁列金杖，眉目间炯炯有神，凛乎其不可犯，不必有天秤在手，已足以色相之庄严，流露正义，真令人五体投地。法国者人文荟萃之大国也，巴黎思想界最发达，法国宪法，即以"思想自由"为开宗明义之第一节。巴黎法国学院操国家文化之权，内分文学、美术、考古、政治、经济等五部，二百四十位老学士，头童发白，道德高尊，真足令人望而歆慕。此种现象，岂一朝一夕之功，所能造成之哉！巴黎画家之引以为荣者，尤非寻常人意想之所能及，其所谓荣，不在奖牌与名位。若其人学力，果至登峰造极时，意大利福隆市之画院，必征取其自画像，入院陈列。凡欧洲诸画家，其自画像已入福隆画院者，作品价值，较平日顿增数倍，其足以动社会之视听，一如中国古代名人之入圣庙或贤良祠。达仰先生自制之画像，业于十一年前，应征入福隆画院。

至于中国画品，北派之深更甚于南派。因南派之所长，不过"平远潇洒逸宕"而已，北派之作，大抵工笔入手，事物布置，俯拾即是，取之不尽，用之无竭，襟期愈宽展而作品愈伟大，其长处在"茂密雄强"，南派不能也。南派之作，略如雅玩小品，足令人喜，不足令人倾心拜倒。伟哉米开朗琪罗之画！伟哉贝多芬之音！世之令人倾心拜倒者，唯有伟大事物之表现耳。

关于巴黎留学界，今有中国画家二十余人，其团体之名称，不曰"天马"，而曰"天狗"，已觉奇特，而法国画家之团体，所谓狂母牛会者，更将令人望而却步矣！世界之大，真无奇不有也。

一九三六年

对中国近代艺术的意见

艺术是与生活的表现有关联的，研究艺术不能离开生活不管，从古昔到现在我国画家都忽略了表现生活的描写，只专注意山水、人物、鸟兽、花卉等，抽象理想，或模仿古人的作品，只是专讲唯美主义。当然艺术最重要的原质是美，可是不能单独讲求美而忽略了真和善，这恐怕是中国艺术界犯的通病吧。广东自明代始，艺术已经是十分的发展，不过也是犯了这通病，忽略了生活的表现。只是有一位去世多年的苏六朋作家，所作的画有些是以生活为题材的，他绘的瞎子或乞丐，都是表现生活的作品。不过他死后，以生活为题材的作家就简直可以算没有，都是些花草鸟兽人物等抽象的作品，与实际生活毫没关系，而流为贵族化，而从来没有一位作家能把广东精神描摹出来过。广东人民的坚忍、勇敢、刻苦的种种美德也从没有人把他在画面上表现过。我希望今后两广研究艺术的同志不要忽略这一点，也不要把艺术的范围限制得那么小，要把艺术推广到大众里去。

新艺术运动之回顾与前瞻

中国科举制度，桎梏千年来无数英雄豪杰，其流弊所中，遂造成周遍的乡愿。绘画原是职业，从文人画得势，此业乃为八股家兼职——凡文化上一切形式，苟离其真意，便成乡愿；八股当然为乡愿之正式代表——于是真正画家，被贬为不受尊敬之工匠。王维脱离印度作风，建立纯粹之中国画，却不料因其诗名，滋人妄念，泽未千年，竟致断送了中国整个绘画。天下一切事理之循环，往往如此，不可不深长思也。

夫人之追求真理，广博知识，此不必艺术家为然也；惟艺术家为必需如此，故古今中外高贵之艺术家，或穷造化之奇，或探人生究竟，别有会心，便产杰作。但此意境，与咬文嚼字无关。中国千年来，以文章取士，发明八股，建立咬文嚼字职业，不知若仅仅如此，亦低能中之颇低者也。此段空论，似与艺术无关，但真正艺术品之产生，与夫文化史上大杰作之认识，必须具此精湛之思想，否则必陷于形式一套，欲希望如汤之盘铭，所谓德之日新又新，必不可得也。

中国艺术史，极少划时代之运动。如欧洲之浪漫主义、印象主义等等。但南宋既亡，院体随绝，隐逸之士，多写山水，仍绍王维之绪，如元代诸家。明虽不振，但天才辈出，如沈石田、仇实父、陆包山及陈老莲，俱是巨匠，不让前人。顾董其昌借其名位，复是大收藏家，于是建立一种风气。乃画家可不解观察造物，却不可不识古作家作风与派别，否则便成鄙陋。此则不仅以声望地位傲人，兼以富厚自骄，恶劣极矣。于是遂有四王，遂有投机事业之《芥子园画谱》。此著名之《芥子园画谱》，可谓划时代之杰作。因由此书出版，乃断送了中国绘画。因其便利，当时披靡，八股家之乡愿学画，附庸风雅，而压低一切也。

吾于此方入正题。若有人尽量搜集三百年来之中国绘画，为一盛大展览，吾敢断定其中百分之九十二为八股之山水。其中有极为稀少之人物画。此外若冬心、板桥、石谿、八大、石涛、瘿瓢等作品，合占百分之七八而已，其黑暗如此。

古之文人画，原有其高贵价值。不必征诸古远，即如冬心之桃花，未见其匹也。板桥画竹，亦维持记录至于今日。便无胸襟，纯以艺论，二人已足不朽！并非如末世文人画之言之无物也。夫有真实之山川，而烟云方可怡悦，今不把握一物，而欲以笔墨寄其气韵，放其逸响，试问笔墨将于何处着落。固有美梦胜于现实生活，未闻舍生活而殉梦也。虽然，中国文人舍弃其真感以殉笔墨，诚哉其伟大也。

太平天国之后，上海辟作洋场。艺术家为糊口计，麇集其地。著名画家如任渭长、阜长兄弟，与渭长之子立凡，尤以中国近世最大画家任伯年生活工作于此，为足纪。诸人除立凡以外，皆宗老莲。尚有吴友如为世界古今最大插图者之一，亦中国美术史上伟人之一。若吴昌硕、王一亭亦皆曾受伯年熏陶者也。

艺术家树立新风，被诸久远。而学校之设立，亦为传播艺事之工具。其开风气者，如南京之高等师范，所设之艺术科，今日中央大学艺术系之先代也。至天主教之入中国，上海徐家汇，亦其根据地之一。中西文化之沟通，该处曾有极珍贵之贡献。土山湾亦有习画之所，盖中国西洋画之摇篮也。其中陶冶出之人物，如周湘，乃在上海最早设立美术学校之人；张聿光、徐咏青诸先生，俱有名于社会。张为上海美术学校校长，刘海粟继之。而刘尤为蔡元培、叶恭绰诸氏所赏识。其画学吴昌硕、陈师曾，亦摹仿法国女画家Rosa Benheus作品。汪亚尘画金鱼极精，设新华艺术学校，亦上海艺术家集合之中心也。

十八世纪意大利米兰人郎世宁，曾为乾隆供奉。以西洋画画于中国素绢上，渲染精细，颇倾动一时。迨民国以来，故宫珍藏开放，郎世宁作风，又一番被摹仿，但限于北京。北京虽易民国，而生活一切未改变，民国初年，画家之著者，如陈师曾、金拱北皆在是。

而国立艺专于以设立。厥后齐白石，亦卜居西城，中国老画家之最有近代气氛者也。

南中以广州为最富庶，故多应运而生之杰。中国洋画家之老前辈，当首推李铁夫，今年七十余，其早年所写像，实是雄奇。惜乎二十年来，以吃茶耗其时日，无所表现。新兴之折中派，以高剑父、奇峰兄弟及陈树人先生为首，世称岭南三杰，所作以花鸟居多。此风自明林良以来已然，今益光大，俊杰辈起，克昌厥派。而潮州尤多才艺之士，其前途未可量也。

中国自身之革命，苏联之革命，世界之两次大战，皆在此三十年中。各国为所掀起之文艺波澜，自不一致。但其最显著之事实，乃民族思想之尖锐化。此在大同主义实现以前，各文化特质之一番精滤，而吾国绘画上于此最感缺憾者，乃在画面上不见"人之活动"是也。

吾所期于人之活动者，乃欲见第一第二肌肉活动及筋与骨之活动。管他安置在英雄身上或豪杰身上，舟子农夫固好，便职业强盗亦好。因为靠着那几根骨头，那几根筋之活动，吾人方有饭可吃，有酒可饮，有生可乐，而有国可立。这种活动，在画面上，宽衣大袖，吊儿郎当之高人，是不参加的。

我只求画中人身体上那几个部门活动，颇不注意他的社会阶级。有许多革命画家，虽刊画了种种被压迫的人们，改变了画风，但往往在艺术本身，无何等贡献。

有此观察，艺术家职责方无可躲避；有此观察，艺术家方更有力量；发掘自然之美，而吾国传统之自然主义，有继长增高的希望。中国前代典型之文人即日少一日，则其副业之文人画只余残喘。但吾非谓艺术家固当居于茫昧，胸无点墨，而退出文人以外也。相反的，艺术家应更求广博之知识，以美备其本业，高尚其志趣与澄清其品格，惟不甚需咬文嚼字之低能而已。

抗战改变吾人一切观念，审美观念在中国而得无限止之开拓。当日束缚吾人之一切成见，既已扫除，于初尚彷徨，今则坦然接受、无所顾忌者，写实主义是也。而国际画商大组织投机事业之法国达达派、德国表现派、意大利未来派、日本二科等等，在中国原立足不稳，今尤遭受大打击，不再容留于吾人脑海中。此类投机分子，三年来销声匿迹，不再现形于光天化日之下。战争兼能扫荡艺魔，诚为可喜，不佞目击其亡，尤感痛快。而当日最为猖獗之法国巴黎，命运如此，亦使人发深省也。

图案美术，本为吾国文化上光荣之一。惟革命以还，吾人之生活方式，迄不得一当，礼乐既坏，器用大窳。抗战之后，吾人将知此后如何生活，经济问题，必得将安定，则此类装饰生活之具，势须创制或改进，无可疑者。吾国之漆器，光明不远，因有沈福文君工作。吾国之陶瓷，吾国之织物，必将再现先人光烈，因吾国今日固不乏卓绝之专家从事于此也。

开发西蜀，汉人之奇迹出现于世，新津出土之汉代浮雕，乃中国美术上无上之奇——画家与雕刊家，俱于此得导师，豁然获见吾族造型艺术上之原有精神——简朴而活跃，可称世界美术中最具性格之作。若成都省立博物馆中十余大片之汉石刊，与华西大学不少汉塑，皆昔人绝未寓目之珍品。吾人对之固无异十八世纪末年庞贝及赫古诺姆古城之发现，而奠定欧陆洛可可后之古典主义也。抑吾壮烈之抗战史实，既足以激荡吾人之灵魂，而吾先民之伟制，适于同期出世，昭示吾人其阔大雄奇作风。倘文艺而不复兴，吾国此际艺人，何颜而立于人世乎？尚欲坚守四王灵幡，而抱残守缺乎？尚欲乞灵于马蒂斯乎？尚欲借重八大山人之名，以掩饰斑点乎？噫嘻！

中国艺术家当前之危机，厥为生活艰难，自昔已然，于今为烈，作家资艺谋生，多所贬节；而初学者，亦图急功近利，无远大抱负。政府只知迁就事实，守着有饭大家吃的政策，不肯毅然有一显明之褒贬，可云遗憾。

油绘在中国，已建立健全基础，倘此群作者，再吸孔、墨、老、庄、马、陶、李、杜等人所制之乳，便不难将 Awaro Kideshevara 变成送子观音，明眸皓齿，家家供养。

中国之新雕刻家，俱无良好健康，而小品太不发达，极为憾事。因定件不可强致，且自动之工作，方为艺术家正常生活工作。惜诸公未留心塔纳格拉、麦利纳、汉人、北魏人、隋唐人之作俑者，活泼天真也。

吾于是想念木刻名家古元。彼谨严而沉着之写实作风，应使其同道者，知素描之如何重要。总而言之，写实主义，足以治疗空洞浮泛之病，今已渐渐稳定。此风格再延长二十年，则新艺术基础乃固。尔时将有各派挺起，大放灿烂之花。

一九四三年

印度美术中之大奇

吾于印度美术，初不感兴趣者也。吾亦不自知其所以然，或者为吾心之反动，致有是主观。要之吾审美观念与之异趣，则自生而然者，无或疑也。故在东方之佛教艺术，日本、缅甸无论矣，暹罗吾未到，其塑像也无非"公哉"（画中确有佳作）。虽吾中国，中古，其造形艺术舍建筑外，其发展之程度殆凌驾印度本土而上之。遗迹之存于今日者，若岩洞石刊与墓志造像等等。其影响，吾俱等闲视之，因其所制人物悉公哉也。希腊在两千五百年前已不写公哉，其智慧之超越其他民族，不綦远乎？吾于印度一切，初未尝研究，因印度一切重内而轻外。贵心而贱物，未尝不佳，特吾所知于艺术者，须对于色象有灵感，有真觉，显其外。所以，形其内者乖戾。凡欲先秉承简册，而后了解之艺术，皆吾所深恶痛绝者也。夫老僧入定，神游天外，当不止十年八年之历，而其事与艺术无关。今欲使人耗精力，糜光阴，而探公哉之秘，世固有人为之，特非吾所尚也。然复绝百代，高超无伦之艺事，因不待乎假设，多所依据其线、其形、其轮廓，达到中庸则圣也。于是乎，出神也。于是乎，附而众生之灵，爽归之。于是，此木石绢素之灵，亘万代，遍大宇，永久不灭，是至人德之极也，亦艺事之至也。

廿八年冬，吾方第一次得见印度艺术之美，乃加尔各答博物院入门处二千三百年前Asaka（阿扎卡）时代一石牛，简约华妙，不愧埃及名作，足以代表印度极盛时代之伟大精神。同院藏公哉不可胜数，久遂寂然无所见。翌年之秋，乃偕丘君庆昌等，为印度西北之游。曾稍准备，按图索骥而观之。至于Ellona（埃洛拉），真洋洋大观也。开拉雪庙左外壁上之西梵天王伉俪高刊，殆为东方最妙丽之合像。惜不能致一影片。其负重之群像，变化生动，亦是伟构。此庙奇丽，世界第一，不负一百五十年凿山之功。

印度人凿石，有如中国人吸鸦片烟之舒适，矫揉造作，不当一回事。其镂刊之也，如划豆腐，无不如意。大概上帝先做软石，俟人雕镂成功，再使之坚硬，与其诡制风化石捉弄中国、西南夷者相反。否则，印度广产昆吾钢，资工使用，削铁如泥。夫一国家，遭一强暴外族侵凌，此外族者尤仇视宗教，烧毁轰击其寺，无所不用其极。一次君临，亘三百年，而今日所遗，尚有如许量外观高大宏丽，细视纤巧精好之庙，布于印度东西南北者，以千万计。何其人之好事至于此极耶！抑尽印度三百年前之人俱为石工乎？

印度为东方建筑代表地，已使人目为之眩，顾仅此情绪，吾心亦未为所满足也。果也：其数千万无名英雄中，有人而刊像庙西梵、未息帑三面巨像者。此像舍弃公哉而开始为印度巨人。其创世界、保持世界与毁灭世界者，似乎其人真有此力量。其渲染之简，线之清而精到，尤于神情之表现，尽量充分。其繁碎部分能融和，恰到好处。吾乍见之所激起之惊叹情绪，与当年之见丢勒之《使徒》、多那太罗之《圣约翰》、米开朗琪罗之《摩西》全同。而此刊之体积如此，周围环境如此，美哉！飞第亚史之黄金、象牙塑制之《雅典娜》与《上帝》巨像，未知果何若也。今世所存千载前之伟观，殆未有加乎此者也。既美矣，又尽善也。吾徘徊竟日，往来考览，欢喜赞叹，不能自已。

美术之起源及其真谛
——在上海新闻学会讲演辞

我今天所讲的题目范围，似乎很大，不过我们以美术的真义之最有关系，而我们艺术同志，不可不注意的略略一谈。世界艺术，莫昌盛于纪元前四百余年希腊时代，不特十九世纪及今日之法国不能比，即意大利十六世纪初文艺复兴之期，亦觉瞠乎其后也。当时雅典文治武功，俱臻极盛，大地著称之Parthinon，亦成于国际最大艺人菲狄亚斯之手，华妙壮丽，举世界任何人造物不足方之。此庙于二百年前，毁于土耳其，外廊尚存，其周围之浅刻，今藏英不列颠博物院，实是世界大奇。希腊美术之结晶，为雕刻、为建筑，于文为雄辩，是固尽人知之。吾今日欲陈于诸君者，则其雕刻。论者谓物跻其极，是希腊雕刻之谓也。忆当读人身解剖史，述希腊雕刻所以致此之由，曰希腊时尚未有人身解剖之学，其艺人初未识人体组织如何，其作品悉谙于理，精确而简洁，又无微不显，果何术以致之，盖希腊尚武，其地气候和暖，人民之赴角斗场者，如今日少年之赴中学校，入即去其外衣，毕身显露，争以强筋劲骨，夸耀于人，故人平日所惊羡之美，悉是壮盛健实之体格，而每角武而战胜者，其同乡必塑其像，其体质形态手腕动作，务神形毕肖，以昭其信，以彰本土之荣。女子之美者，亦暴其光润之肤，曼妙之态，使人惊其艳丽。艺人平日习人身健全之形，人体致密之构造，精心摹写，自能毕肖。而诗人咏人，辄以美女为仙，勇士为神。神者如何能以力敌造化中害民之妖怪；仙者如何能慰抚其爱，或因议殒命之勇士。文艺中之作品，类皆沉雄悲壮，奕奕有生气，又复幽郁苍茫，芬芳馥郁，千载之下，犹令人眉飞色舞，是所谓壮美者也。一世纪之罗马尚然，无何，人渐尚服饰之巧，艺人性情深者，乃不从事观察人身姿态结构，视为隐于服内，研之无用，作品上亦循俗耗其力于衣襞珍玩。欲写人体，只有模仿古人所作而已，浸假其作又为人所模拟，并不自振，逮六世纪艺人乃不复能写一真实之人。见于美术中之人，与木偶无辨。昔之精深茂密之作，今乃云亡，此混沌黑暗之期。直延至十三世纪，史家谓之中衰时代者也，是可证艺人之能精砺观察者，方足有成，裸体之人，乃资艺人观察最美备之练习品也。人体色泽之美，东方人中亦多见之，法哲人狄岱襄有言曰：世界任何品物，无如白人肉色之美者，试一细观，人白者，其肤所呈着彩，真是包罗万色，而人身肌骨曲直隐显，亦实包罗万象，不从此研求人像之色，更将凭何物为练习之资耶！西方一切文物，皆起于埃及。埃及居热地，其人民无须被服，美术品多像之。故其流风，直被欧洲全部，亘数十纪不易，盛于希腊。希腊亦居热地，又多尚武之风。耶稣之死，又裸钉于十字架上。欧洲艺术之所以壮美，亦幸运使然。若我中国民族来自西北荒寒之地，黄帝既据有中原，即袭蚕丝衣锦绣，南方温带之区，古人蛮俗，为北方所化，益以自然界繁花异草之多，鸟兽虫鱼之博，深山广泽，佳树名卉，在令人留意，足供摹写；而西北方黄人，深褐色之肤，长油不长肉之体，乃覆蔽之不遑，裸体之见于艺术品中者，惟状鬼怪妖精之丑而已。其表正人君子神圣帝王，必冠冕衣裳，绦带玉佩，不若希腊Jupiter，亦显臂而露胸，虽执金杖以为威，犹袒裼，故与欧洲艺术相异如此，思之可噱也。吾今乃欲与诸先生言艺事之究竟，诸君必问曰：美术品之良恶，必如何之判之乎，曰：美术品和建筑必须有谨严之Style，如画如雕，在中国如书法，必须具有性格，其所以显此性格者，悉赖准确之笔力，于是艺人理想中之景象人物，乃克实现。故Execution乃艺术之目的，不然，一乡老亦蕴奇想，特终写不出，无术宣其奇思幻想也。

与王少陵谈艺术

编者按：一九三五年秋冬之间，徐悲鸿先生为游桂林，曾两度往返香港。两次他都下榻于香港思豪大酒店。适逢青年画家王少陵为该酒店礼堂作壁画。因徐先生应酬忙碌，二人未能接触。十一月二十三日，是徐先生离港返沪的最后一天，也是香港国际艺术会的年展最后一天，该会的中国会员只有王少陵等四人，徐先生在百忙中曾赶去参观。由程门雪先生的介绍，王徐正式相识。因徐先生应酬忙乱，与王也仅寒暄几句。在高民铎的指点下，王少陵才于当晚十一时，赶往九龙仓码头的"总统号"轮船上，与徐先生进行长谈。对这次的会见，王少陵在一九三六年所写的《在香港会见徐悲鸿先生》一文中，和晚年的回忆录中，均有详细记载，今将徐先生有关艺术方面的谈话摘录如下：

徐说：今天我在香港国际艺术会年展中看过你们的作品，非常满意。我也见过你在思豪酒店画的壁画。

王说：非常惭愧，像我们的作品还很幼稚，望多多指教。

徐说：不敢，你们还很年轻，大可努力的。

当王问起徐这次广西之行的印象和感想。

徐说：此行甚佳，印象很好。至于感想方面，我觉得广西正是个埋头苦干的省份，所谓江南数省的努力实在万不及它，在这国难时期，我们正要个个都具有这种精神。我们未必到前线去才能救国，如果每个人能从本分上去尽力苦干，在自己的学术事业上有所成就，就是为国家充实了国力，也足以救国了。

王说：先生的话很对，譬如我们艺术界，不能把艺术看成是一件简单消闲的事，我们当具有革命的精神，救国的使命。

徐说：艺术家即是革命家，救国不论用什么方式，如果能提高文化、改造社会，就是充实国力了。欧洲哪一个复兴的国家，不是先从文艺复兴着手呢？我们不能把自己的责任看得过小，一定要刻苦地从本分上实干。

王说：徐先生去年出国游欧有何观感？

徐说：不错，泰西各国对我国艺术均甚推崇，尤其是新近复兴的国家，如德意志、苏俄等国。

王问：欧洲现代艺术趋势，究竟以哪一国最有进步呢？

徐说：进步不见得，不过以法国现代的艺术变迁得厉害，各以推翻固有的思想而以标奇立异是尚，弄到新进的艺人徘徊于歧路之中而无所适从，还幸它是个甚有艺术根基的国家，无论如何都有充实的蕴藏。而我国的西洋画界也想走去和人家站在同一条线上，实在不自量，简直是笑话。我们必须认识自己的目标和责任，我们应以真诚的态度，对着艺术的基础下功夫，弄好了基础，方好建立高楼大厦，不然的话，不是一件很危险的事吗？我们既然认定要走艺术之路，就要刻苦耐劳、不畏艰难地迎头赶上。艺术之路不是一条康庄大道，而是一条崎岖不平的羊肠曲径，渺无止境的。我们既已踏上了这条路，那就无论怎样艰辛，都应勇往直前。艺术到底是艺术，天才到底是天才，上帝不是一个没有眼睛的东西，成功自然光临到你的身上，人们自然会认识你，用不着去自吹自擂，才得成功，才得有名。假如一个艺术家，徒然有了名，而无实际的功夫，究竟能保持多久呢？艺术是献给社会的，是给多数人欣赏的，不是少数人玩味的；是为永久时代而存在，不是为短暂时代而存在。所以艺术家应以真诚的态度来对待艺术。真正的艺术来不得半点虚假和粉饰。

徐又说：我以为，一个艺人的成就，最低限度应有三种成分：第一要有才能；第二要有情操和趣味；第三要有思想。所谓才能即天才，所谓情操趣味即精神，所谓思想即是学问。那么，一个人若具备了优秀的才能，又有高尚的情操和风趣，再有高超的思想和学问，哪会不成功的呢？

王又说：我想去英国进一步深造，徐先生以为如何？

徐说：很好，我可以信函介绍你相识一位英国皇家美术学院的画家叫费·布兰温（Frank Brang Wyn，一八六七年——一九五六年）。

王说：布兰温是很有名望的画家，那太感谢你了。

徐说：明年春天，我想再去广西，要经过香港，想请王先生代购五十元的颜色。请你到中华书局去，请高民铎先生付款。

徐先生还为王少陵题字：尊德性，道问学，致广大，尽精微，极高明，道中庸。平生服膺之语，录奉少陵先生，愿共努力。

一九三七年为王又题云：人得清闲起居是福，我甘贫贱造物无权。少陵仁兄雅属。

美术漫话

一切学术有一共同目的：曰：追寻造物之真理而已。美术者，乃真理之存乎形象色彩声音者也。音乐为占时间之美术，当非本论之范围。兹篇所论，专就造型美术，阐明其意。造型美术，亦分为两途：一曰纯正艺术，即绘画、雕型、镌版、建筑是也；一曰应用艺术，亦曰工艺美术，乃损益物状，制为图案，用以美化用具者也。

吾人在立论之始，应于题之本身，定一解说。中国今日往往好言艺术，而不谈美术。艺术者仅泛指术之属乎艺事者而已。美术者，顾名思义，则为艺术者，不徒能之而已，盖必责之其具有精意，于人之精神，WAJ有所发挥，故其学术，因欲奔赴此神圣"美"之一目的。于是在同一物事上，各人得自由决定其形式，又利用一形式，求一适合之内容，以赴其所期望理想之美。而其精神，亦必为所探讨之真理。所谓形式内容，不过为作者所用之一种工具而已。

内容者，往往属于"善"之表现。而为美术者，其最重要之精神，恒属于形式，不尽属于内容。如浑然天成之诗，不必定依动人之题，反而如画虎不成，则必贻讥大雅。故美术恒有两种趋向，一偏于善（则必选择内容），一偏于美（全不计内容）。偏于善者，其人必丰于情绪，偏于美者，其人必富于感觉，各有所偏，各有所择。顾美术上之大奇，如巴尔堆农之额刊，如米开朗琪罗之《摩西》，如多那太罗之《圣约翰》，如拉斐尔之《圣母》，如提香之《下葬》，如鲁本斯之《天翻地覆》，如丢勒之《使徒》，如伦勃朗之《夜巡》，如委拉斯开兹之《火神》，如吕德之《出发》，如康斯太布尔之《新麦》，如透纳之《落日》，如门采儿之《铁工厂》，如罗丹之《加莱义民》，如夏凡之《神林》，如列宾之《伊望杀子》，如倍难尔之《科学放真理于大地》，如达仰之《迈格理女》，如康普之《非雪弍》，如勃郎群之《码头工》，无不至善尽美，神情并茂。比之中国美术中，如阎立本之《醉道》，如范中立之《行旅》，如夏圭之《长江》，如周东邨之《北溟》，无不内容与形式，美善充乎其量。孔子有美而未尽善之说，故人类制作，苟跻乎至美尽善，允当视为旷世瑰宝，与上帝同功者也。

善之内容可存而弗论，至其所以秀美之形式，颇可得而言。盖造物上美之构成，不属于形象，定属于色彩。而为美术之道，舍极纯熟之作法以外，作者观察物象之所得，恒注乎两要点，其表现之于作品上，亦集中精神于此两点。所谓色彩，所谓形象，皆为此两点之工具而已。

此两点为何？曰性格，曰神情。因欲充实表现性格之故，爰有体，有派；因欲充实表现神情之故，爰有韵。

美术之起源，在摹拟自然；渐进，则不以仅得物象为满足。恒就其性之偏嗜，而损益自然物之形象色彩，而以意轻重大小之。此即体之所产生也。

派者，相习成风之谓。其所以相习成风，皆撷取各地属之特有材料，形之于艺事，成一特殊貌者也。

所谓性格者，即刚强、柔弱、壮丽、淡泊、冲和、飞舞、妙曼、简雅等，秉赋之殊异或竟相反也。故须以轻重、巨细、长短、繁简之术应之，所以成为体也。

神情在人则如喜怒哀乐，妙机其微，艺之高深境地，其所以难指者以其象之变也。其于物情，则如风雨晦冥，皆变易其寻常景象，要在窥见造化机理，由其正而通其变，曲应作者幽渺复颐广博浩荡之襟怀思绪。此艺事之完成，亦所以为美术也。

至于工艺美术，其要道在尽物材之用，愈能尽物材之用者，为雅；愈违物材之用者，为俗。雅俗之分，无他道也。

美术遗产漫谈
——一部分中国花鸟画

绘画亦古人在创制文化上劳动之收获，中国于此，成绩特著；但其造诣，确为古今世界上占第一位者，首推花鸟，尤以十一、十二世纪北宋人，为达最高峰。中国美术，无疑，几乎全是自然主义（人物之自然主义，被批判为无聊行动），故在社会主义的写实主义（即现实主义）时代，一切陈腐遗产，均须批判接受，我不敢贸然作批判，不过说明中国花鸟画在世界上之地位，确为吾国高贵遗产中之一部而已。考世界古文明国如埃及、安息、希腊、罗马，刻画动物，有过我国者，如埃及石刻中《鹰》《牛》，壁画中《雁》，安息石刻中《狮》《马》，希腊《牛》《马》，罗马《牛》《羊》《豕》等等俱已极精妙，再以工到之人物，结合上古农作或攻战生活，其造就高出吾国上古造型美术，惟其一切，皆为人物活动之附属品；吾国美术发展后，变为多元体；如山水、人物、花鸟、草虫，各树一帜（上古并不如此），有全不连属者。故为万物平等观，不同西洋以人为主体。彼之所长，我远不及，而我之所长，彼亦不逮。因为我国人之思想，多受道家支配，道家尚自然，绘画之发展，一面以环境出产如许多之繁花奇禽，博采异章，更益以举世所无之香花多种（兰花、水仙、腊梅、梅花、桂花），花类如木棉、牡丹、玉兰、辛夷、莲花、木槿、菊花千种，又如梧桐、翠竹，欧洲罕见。而禽类若孔雀、白鹤、鸳鸯、鹦鹉、巨鹜、戴胜之属，俱欧洲少见，甚至鹊亦少见。故自然物之丰富，又以根深蒂固之道家思想，吾民族之造型艺术天才，便向自然主义发展。波斯印度亦多物产，但其绘画，俱为生活习惯所限制，类作五六方寸大小之小幅，开展为难。独吾国北宋，承唐代文化之盛，工业制作，如瓷、如锦织，皆美妙无伦；至于绘画，借百余年之承平，服务宗教之外，于花鸟一门，特跻其极，其中卓绝之人物，如黄筌、黄居寀父子，崔白，易元吉，滕昌祐，宋徽宗等，尚有许多有瑰丽作品而不留名之作家，无虑百十位，制出无数使人惊叹之画幅，惜乎近代中国审美目光短视，偏重山水，而遗其他，百年来帝国主义侵略剥削我国，将我国历史上之珍奇，尽力搜刮以去；而吾国当时不肖之商人，结合短见之收藏家，则代其荟集罗致，迨今吾国在绘画上所有北宋人之杰制，已不及十分之一（指现世界所藏）。故中央人民政府，禁止古物出口，良是要图。这说明吾国古人劳动，不辜负优良环境，所以能产生如许多中国自然主义杰作！假使当时，便有今日政治环境，可能早就有了现实主义，（宋代米元章父子，因求得韵律，开始用"点"写山水，实即印象主义原理，早七百年。）因此，我们现在既掌握马列主义毛泽东思想，实现"大道之行，天下为公……货恶其弃于地也，不必藏于己，力恶其不出于身也，不必为己。……"最明显的如"耕者有其田"，我们处于这样的环境，似应有这样反映的美术；自然环境，仍同古人所处，亦应当撷取其所收获，丰富我们的新美术！

现代世人擅写飞禽者，日本人颇多。在欧洲则有瑞典人李耶福尔斯（Lijefors），善写鹰、雁、水禽。苏联有李洛夫（Рилов），善写飞雁、鸥，但俱未能突破宋人纪录，不比山水让位于Constable、Turner及印象主义作家。花鸟至明代尚有传人如汪海云、陆包山、吕纪、陈洪绶。清代绝响华新罗；亘二百余年乃有任伯年，变格为豪放之写意，前无古人，但自任伯年以后，五十余年，无继起者。

单纯之色调并非中国遗产。

吾国名贵之陶瓷，及锦绣、绘画，俱无纯色；瓷无全白，朱砂胭脂非纯红，石黄藤黄非纯黄，石青花青非纯青，石绿草绿非纯绿，举世界一切自然物中，亦少有纯色者，中国美术品制作类之，故能如是娴雅。（国旗之大红为象征，但只有国旗为大红纯色，当愈显凸出。）迨西洋物质进步，提炼颜色为纯色，吾国工商业中，不加调和使用，于是染绸布悉用纯黄纯绿，纯青纯紫（各国少有），目之所接，使人发昏，硬不接受遗产之一种效果，就会觉得后退不少。不是遗产，固可抛弃，是件遗产，何必拒绝？但是这种情况，已经存在几十年了。

忆达仰先生之语

先君亡后，遂无问业之师。漫游欧洲之二年，乃识达仰先生。其艺高贵华妙，博大精微；其人敏锐刚正，蔼然仁者。此世舍此人外，非无可师，但北面而为弟子，觉不歉也。相从先后凡八年，以境迫东旋，而先生年七十五矣。不知天肯从吾愿，令吾再随杖履乎？重挹时雨春风之乐也！念之唏嘘，系情梦寐。

一日言及荷尔拜因，先生曰：其艺简洁精当，殆受意风。丢勒固是诗人，终觉琐碎，无概约全局之观。北派恒承此弊，而意人无之，其派所以大也。

埃贝尔尝与先生书曰：艺之目的，其技法（exécation）乎（按艺人文过，恒自立界说。说愈繁，艺愈弱。至人具造化之全，何所不可）？

先生教人之道凡二，曰真率（Sincerite），曰诚笃（conscience）。先生曰：博大之道无他，在与人人以透彻之了解，故题不取冷僻，而景贵在目前。因述当日有人以画示热罗姆，热不解其题，其人释述再三，冗长无已。热曰：汝将写此段历史于何处，而令人解读耶？

内涵、诚笃乃欣赏之源也。

学必逾于行之量，乃有游行自在之乐，适如其量，便现窘促。

有一人呈课于先生，课多草率，不中绳墨。先生曰：识之。此名Crayonnage（铅笔涂抹），不名dessin（素描）。

癸亥时，余笔尚不就范，色不能和。先生乃命吾描，并令工写人体一部，以细察其象。康普亦曾语余，谓若精于描，则色自能如其处。

余东归，走辞先生，先生曰：勉之，当为强固之作，勿苟全于世。舍己徇俗，大师所不为也。且俗尚亦何赖？例如吾巴黎时装不两年即变，若学者不能自持，而年八十者不将随之数十变乎？即舍力逐之，亦有所不及也。

先生于其侪辈，称夏凡纳，称埃耐。谓夏能大而埃能简。又称其友人塑师唐泼脱，谓其精卓，不苟于其较后辈，则尚理扬。谓可不爱之，但不能不敬之也。

先生于德，尚华贵；于艺，尚精卓，极确切不移。

先生谓余色有Sonarité（铿锵之声）。吾描有力，实先生之教也。

先生见解极博大，不没人之长。

先生谓誉者最为危险，故人务自砥砺。循俗懈怠，罗丹且不免（此论因座有人论倍难尔者，故言）。

先生恒称安格尔，谓其精神华贵。

先生于古人最称达·芬奇、提香及荷尔拜因、伦勃朗。

傅抱石先生画展（节选）

　　文艺所凭借之内在力量有二：曰笃信，曰自由。前者基于心悦诚服之理智，后者则其独往独来之情感，苟跻其极，并能不朽。但不能离乎自然，苟摒弃自然，则沟通人我之主点情意全失，艺将不成其为艺，而怪喜狂叫，亦必不成为一种语言令人了解也。但自然中，固有惊雷闪电，得其真趣，人亦共喻，此中真伪之理法，乡愿与狂狷之辨，不可不察也。夫充实之谓美，充实而有光辉之谓大，大而化之之谓圣。虽孟子之名言，实天经地义，今者仅因补品而得健康，其悖于养生也明矣。此不佞二十年来力倡写实主义之原意，而因抗战剧变，得到成功者也。抱石先生，潜心于艺，尤通于金石之学，于绘事在轻重之际（古人气韵之气）有微解，故能豪放不羁。石涛既启示画家之独创精神，抱石更能以近代画上应用大块体积分配画面，于是三百年来谨小慎微之山水，突现其侏儒之态，而不敢再僭位于庙堂，此诚金圣叹所举"不亦快哉"之一也。抱石年富力强，倘更致力于人物、鸟兽、花卉，备尽造化之奇，充其极，未可量也。大千、君璧之外，又现一巨星，非盛世将至之征乎？

一九四二年

赵少昂画展

番禺赵少昂先生，早岁曾游艺坛名宿高奇峰先生之门下，天才豪迈，有出蓝之誉。十年以前，即蜚声于海内外，当时故主席林公及德大使陶德曼俱称精鉴，咸购藏先生之作，推重备至。事母至孝，以故恒居南中。迨香港沦陷，先生独不屈，间关入国至绍至桂至筑，借旅行宣扬艺事，其卓绝之艺，敦厚之性所至，并为人坚留不令行。其画可爱，抑其品尤可慕也。余尝赠以诗曰：

画派南天有继人，

赵君花鸟实通神；

秋风塞上老骑客，

灿烂春光艳美深。

兹因先生应"中大"及艺专之聘入都，同人咸请展览近作，用发扬新兴艺术，并餍文化界同人之望也。是为启。

一九四四年

吴作人画展

　　作人为今日中国艺坛代表人之一，天才高妙，功力湛深。一九三三年夏，余在比京王家美术学院，晤其师白司姜先生，告余曰：此优异之学生，令本院生光。盖作人于先一年，在全校竞试获第一，有权利占院中单人画室居住工作。尔时，作人即有多量可记之产品，受欧洲北派熏陶，色彩沉着，《纤夫》一幅，可代表此期作品。厥后返国任教中大艺系，一本吾人共守之写实主义作风，孜孜不懈，时以新作陈出为人称道。七七后，随中大迁川，曾赴前方写抗战史实。三二年（一九四三年）春，乃走西北，朝敦煌，赴青海，及康藏腹地，摹写中国高原居民生活。作品既富，而作风亦变，光彩焕发，益游行自在，所谓中国文艺复兴者，将于是乎征之夫。其得天既厚，复勤学不倦，师法正派，能守道不阿，而无所成者，未之有也。彼为画商捧制之作家，虽亦颠倒一时，究非吾人之侣也，抑其捧制之方法，为吾人所谂之，状实可鄙，昧者尤而效之，终亦不能自藏其拙也。作人其安于所守，亦邦家之光也。

一九四五年

叶浅予之国画

叶浅予先生素以漫画著名，驰誉中外，近五年来，方从事国画，巡礼敦煌，漫游西南西北，撷取民间生活服饰性格及景物。三年以前曾在重庆中印学会公开其随盟军军中及至印度旅行之作与新国画一部陈列展览。吾时赴观，惊喜非常，满目琳琅，爱不忍去，即定购两幅，但最重要之幅，已为人先得矣。

漫画家之观点在捕捉物象之特著性格，从而夸张之，其目的在予人以更深之刺激，此杜米埃（Daumier）之所以伟大也，浅予在漫画上之成功当然握有此种能力；而此种能力，实为造型艺术之原子能！漫画要点，尤在掌握问题核心，而用极简单之方式说出，使之极度明朗。纵是含有极深刻意义作品，但必出以简单明朗之笔调，故必须扼要，吸取精华，而弃遗糟粕，此尤为一切高级艺术成就之必具条件。九方皋之相马，伯乐咨嗟叹息赞美其"视其所视，不视其所不视，见其所见，而遗其所不见者"此也。见其所见须具有极大智慧，遗其所不见尤必具有极大功力，方肯扬弃那些细枝末节淆惑观感而不必要的东西。人皆可得同样成就，惟其范围广狭则各人不相同耳。

画家习惯于曲线用法，恒不注意直线形体，此中国之所以在抒情山水及花鸟两部门特别发展（虽有专长亭台楼阁如赵大年、袁江之辈，但古今极少），但从艺术言之，究是缺憾（文艺复兴时代巨作均带建筑物）。浅予之界画一如其速写人物，同样熟练，故彼于曲直两形体，均无困难，择善择要，捕捉撷取，毫不避忌。此在国画上如此高手，五百年来，仅有仇十洲、吴友如两人而已，故浅予在艺术上之成就，诚非同小可也。

作风之爽利，亦为表现动人之重要功能，浅予笔法轻快，动中肯綮，此乃积千万幅精密观察忠诚摹写之结果！率尔操觚者决不能望其项背，此又凡知浅予之忠勤于艺者，不可忽视之观点也。

艺术固当以现实为满足，即海市蜃楼、列子御风、百兽率舞、凤凰来仪、极乐世界、地狱变相，凡思力所至之境，亦应为艺术所至之境。惜中国近数百年来，类多低能作家，举所理想，无非残山剩水，枯木竹石，此以人生言之，已如槁木死灰，无复有活趣，安用有此等艺术乎！故吾人必须先把握现实，乃可高谈理想，否则，定是阿Q，凭胡说过瘾而已！毫无补于事实也。

中国此时倘有十个叶浅予，便是文艺复兴大时代之来临了！

一九四八年